ARCOIRIS GREY

*Les dedico este libro a todos los que necesiten
un arcoíris y abrazarse a un gato nube. Besos.*

Título original: *Rainbow Grey. Eye of the storm*

Primera edición: noviembre de 2022

Publicado originalment en inglés por Farshore,
un sello de HarperCollins*Publishers* Ltd,
The News Building, 1 London Bridge St, London SE1 9GF
con el título *Rainbow Grey. Eye of the storm*

Printed in Spain – Impreso en España

ISBN: 978-84-272-2360-8
Depósito legal: B-16.686-2022

Compuesto en Pleca Digital, S. L. U.
Impreso en Rodesa
Villatuerta (Navarra)

MO 2 3 6 0 8

LAURA ELLEN ANDERSON

ARCOÍRIS GREY

Y EL
OJO DE LA TORMENTA

Traducción de
Maia Figueroa Evans

MOLINO

IRIS GREY

¡La primera meteolandesa arcoíris desde hace más de mil años!

Tiene MUCHAS habilidades meteorológicas: los dones arcoíris.

NIM

¡Es un gato nube!

Adora el *crumble* de estela (¡y las sobras en general!).

A menudo explota y, cuando se recompone, a veces le falta alguna extremidad.

NIVO PERMAFROST

Meteolandés de la nieve.

Cuando piensa, le salen copos de nieve de las orejas.

Su asistencia a clase es del ciento dos por ciento.

GOTA DE ROCÍO REMOLINO

Meteolandesa pluvial.

De mayor quiere ser campeona de charcoportación.

Es la capitana del equipo de Mangas Ondeantes de la Academia Celeste.

NEFIA METEORO

Meteolandesa de las nubes.

La mejor detective de Meteolandia.

Tiene una babosa nube que se llama Señor Steve.

ALBACLARA DELIGHT

Meteolandesa solar.

Casi se vuelve rebelde, pero decidió pasar página.

Ayuda a Iris a aprender meteomagia arcoíris.

MAESTRA MOLLINA

Meteolandesa pluvial.

Subdirectora de la Academia Celeste.

Casi nunca sonríe.

LA TÍA NIEBLINA

Meteolandesa de las nubes.

Le encanta organizar fiestas de vainas nebulares.

No se fía de la meteomagia arcoíris.

BARRIO NUBENIMBO

INVERNADEROS DE L
GUARDIANES DEL S

MONTAÑAS VENTISCA

CAMPO DE GIRASOLES

PLAZA PARAGUAS

ALDEA EMPAPADA

CUEVAS CREPITANTES

VALLE VENTOSO

CAPÍTULO 1

LA FIESTA DE VAINAS DE LOS VON POMPÓN

Era una tarde soleada de domingo en el Bosque Barómetro, el lugar perfecto para una fiesta de vainas nebulares.

La meteolandesa de diez años Iris Grey y su gran amigo Nivo Permafrost se habían sentado en el tocón de un árbol que había junto a un montón de vainas nebulares; descansaban después de una partida de nubes musicales. Iris había estado a punto de ganar, pero Nim, su gato nube, había estallado y ella había acabado por los suelos: ¡POM!

—Es la novena fiesta de vainas nebulares a la que voy y todavía no he ganado ni una partida de nubes musicales —se lamentó Iris.

Se apartó la larga melena multicolor de la cara. De tanto jugar, se le había alborotado más de lo habitual.

—Quizá la próxima vez, ¿verdad?

Le hizo cosquillas a Nim debajo del hocico, y el gato ronroneó contento y adoptó forma de corazón.

—¡LA COSECHA DE VAINAS EMPIEZA DENTRO DE DIEZ MINUTOS! —chilló la tía Nieblina.

Era la tía de Iris y los sobresaltó a ambos. El gorrión nube que tenía en el hombro soltó un trino muy estridente.

—¡Faltan diez minutos para que mi QUERIDO Nefelículus se empareje con una criatura nube de por vida!

De pronto, a Nivo le salió un remolino de copos de nieve de la oreja izquierda. Le pasaba siempre que pensaba. Iris los llamaba «pensacopos». Nivo era uno de los meteolandeses nivales más buenos e inteligentes que existían, además de uno de los mejores amigos de Iris.

—Me pregunto qué criatura nube le saldrá a tu primo —comentó, y desenvolvió un sándwich de pepinillos granizados muy bien preparado.

—Supongo que Nefelículus cosechará algún tipo de ave nube —respondió Iris, y le dio un bocado a una rosquilla eléctrica—. Es lo que cosechan en la familia Von Pompón.

Iris señaló con la cabeza los otros ocho hijos de la tía Nieblina. Todos tenían aves nube posadas en el hombro y todas piaban, graznaban o trinaban.

Ese día el pequeño de los primos de Iris, Nefelículus von Pompón, cumplía un año. Siguiendo la tradición, los meteolandeses de las nubes cosechaban una vaina nebular en su primer cumpleaños. Cuando la arrancaban, de dentro salía una criatura nube diminuta que formaba un vínculo con quien la había cosechado. Juntos aprendían a crear la magia preciosa de las nubes y se unían para siempre.

Las fiestas de vainas nebulares eran muy alegres y en ellas los tíos y las tías se reunían y se ponían al día de los chismes familiares. Para Iris la fiesta de ese año era especial: era la primera vez que veía a muchos parientes desde que su vida había dado un vuelco seis meses antes.

—¡Seguro que todos tus tíos y tus tías quieren que les cuentes los detalles sobre la nueva magia! —dijo Nivo muy sonriente.

—Bueno, CASI todos —respondió Iris—. Mi tío Cirro y mi tía Vafarina se pusieron tan contentos que no paraban de llover. Pero la tía Nieblina... digamos que ahora le caigo aún PEOR.

Nivo soltó un silbido largo.

—Me parece un poco injusto.

—No pasa nada —contestó Iris sonriente con una chispa en el ojo azul y otra en el ojo violeta—. Porque le demostraré que puedo ser una gran meteolandesa arcoíris y proteger la Tierra y el cielo. Y ya verás, ¡también seré una exploradora terrestre GENIAL!

Levantó el puño con emoción y le salió un enorme chorro de colores que atravesó las copas de los árboles.

Iris hizo una mueca.

—Pero primero tengo que

aprender a CONTROLAR la magia —añadió, y se miró el puño con el ceño fruncido.

A pesar de que todos los meteolandeses hacían un tipo de meteomagia (nival, eólica, pluvial, solar, de las nubes o de los rayos y los truenos), Iris había nacido sin magia. De hecho, en la familia de su madre nadie la había tenido. Sin embargo, durante un viaje que había hecho a la Tierra sin permiso, Iris encontró un cristal negro que desató un poder ancestral que el mundo no había visto desde hacía mil años... ¡La meteomagia arcoíris! Resultó que era una meteolandesa arcoíris y eso quería decir que podía controlar todos los tipos de meteomagia. O al menos sabría hacerlo cuando aprendiese a usarla.

La tía Nieblina se acercó a Iris dando grandes zancadas y la miró de arriba abajo con mala cara.

—Cuando Nefelículus tenga que cosechar la vaina nebular, no te muevas de aquí —le soltó—. Quiero que todo salga perfecto, sin que ninguna magia RARA cause algún problema.

—No te preocupes, tía. No haré nada «raro» —dijo Iris meneando los dedos mientras hacía una mueca la mar de graciosa.

La tía Nieblina la miró mal.

—Hmm... Y que ese felino explosivo tampoco se acerque.

Dio media vuelta y regresó al grupo grande de gente; caminaba con mucha pompa, y el gorrión volaba tras ella.

Nivo negó con la cabeza.

—Menudos aires tiene tu tía.

—Ya lo sabes —dijo Iris—. Desde lo de los arcoíris no se fía ni un pelo de mí. Y el pobre Nim NUNCA le ha caído bien.

El gato nube se envolvió alrededor de los hombros de Iris y ronroneó. Nim había nacido con un fallo poco común y estallaba a menudo, por eso era imposible que formase un vínculo con un meteolandés de las nubes o fuera una nube de verdad como las que los humanos veían desde el cielo. Iris lo había encontrado abandonado cuando era un gatito pequeño y no se habían separado desde ese día. Tal vez su vínculo no fuese mágico, pero su vínculo de amor era irrompible.

Una de las primas pequeñas de Iris se acercó muy contenta, dando brincos con su búho nube en brazos. Una joven meteolandesa eólica iba detrás con cara de nervios.

—Hola, Estela —dijo Iris, y saludó con la mano.

—Iriiiiis, ¿le enseñas los arcoíris a mi amiga Brisa? —le pidió Estela.

El búho nube ululó como si repitiese la pregunta.

Iris negó con la cabeza.

—Lo siento, Estela. Creo que si hago magia ahora tu madre se enfadará conmigo.

—¡Va, porfaaaaaaa...! —insistió Estela—. Mi amiga Brisa dice que tu magia da miedo, pero ¡yo le he dicho que no!

Iris frunció el ceño.

—¿Miedo?

Brisa la miró con timidez.

—Me han dicho que tu magia no es como la nuestra —susurró.

Iris suspiró. No le gustaba nada que ningún meteolandés tuviera miedo de su magia.

—La magia que tengo es un poco diferente, eso es verdad —explicó—. Pero no por eso da mie-

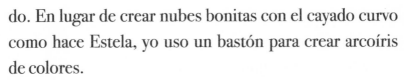

do. En lugar de crear nubes bonitas con el cayado curvo como hace Estela, yo uso un bastón para crear arcoíris de colores.

Iris sacó el largo bastón dorado que llevaba sujeto a la espalda del chaleco con dos trabillas. Nivo se las había cosido a mano porque era excelente con el hilo y la aguja.

—¿Qué hacen los arcoíris? —preguntó Brisa.

Se acercó un poco mientras Estela se le subía a Iris al regazo con los ojos muy abiertos de tanta emoción.

—Con mi magia puedo controlar el tiempo que crean los demás —dijo Iris—. O sea, ¡es como tener TODA la meteomagia! Y también es muy útil cuando algún rebelde anda suelto... Sabéis lo que son los rebeldes, ¿verdad?

Estela y Brisa asintieron con vehemencia.

—Los rebeldes se portan mal. Y hacen meteorología MALA, como TORNADOS y RAYOS que dan miedo y ¡granizo tan grande COMO YO! —soltó Estela.

—Exacto —contestó Iris—. El Consejo de Meteorólogos planifica el clima de la Tierra con mucho cuidado, pero los rebeldes lo estropean. Y yo puedo usar los arcoíris para atrapar las travesuras de los rebeldes y convertirlas en algo positivo. —Iris hizo una pausa—. Bueno, podré cuando acabe de formarme.

—Qué bonito —dijo Estela, y sonrió de oreja a oreja antes de dirigirse a su amiga—. ¿Lo ves? Ya te dije que Iris no daba miedo.

—Pero si los arcoíris son tan buenos, ¿por qué nunca hemos visto uno? —preguntó Brisa.

—Antes, en Meteolandia, la meteomagia arcoíris era normal —respondió Iris—. Pero hace mucho mucho tiempo, la rebelde más TERRIBLE nos la quitó toda. Se llamaba Tornadia Tromba.

Estela cogió aire de golpe y Brisa soltó un gritito antes de que se le escapase un BOCINAZO ventoso que, sin duda, no era magia de ningún tipo.

—¡Mi madre me ha hablado de ella! —susurró Estela—. Pero ¿por qué era tan mala? ¿Y cómo conseguiste tú la magia arcoíris?

Iris se estremeció a pesar de que al aire libre hacía calor. Tornadia era una de los rebeldes más peligrosos de la historia del clima y también el motivo por el que Iris había nacido sin magia.

Iris se acercó un poco más a las pequeñas meteolandesas para hablar.

—Tornadia fue meteolandesa arcoíris —dijo sin levantar la voz—, pero decidió usar sus poderes para hacer el MAL. Se alió con otros rebeldes, y juntos crearon una tormenta ENORME que duró cien años.

—¡Eso es HORRIBLE! —gritó Estela, y se abrazó a su búho nube.

Brisa no había parpadeado ni una vez y escuchaba con atención todo lo que Iris decía.

Iris continuó:

—Hace mil años, una noche que había un eclipse y ella sabía que los meteolandeses arcoíris estarían bailando alrededor del Árbol más Viejo del Mundo, Tornadia destruyó el árbol. Del árbol salió una sustancia llamada esencia sombría que ABSORBIÓ la magia arcoíris de todos y la convirtió en un cristal grande y negro.

Las niñas se quedaron boquiabiertas, con los ojos como platos.

—A medida que pasaban los siglos, todos se olvidaron de los arcoíris. Pero entonces yo encontré el cristal y ¡liberé la magia que estaba atrapada dentro!

Iris acabó con una enorme sonrisa, y Nim maulló de alegría.

Nivo se inclinó hacia las pequeñas meteolan-

desas con una ristra larga de copos de nieve sa-
liéndole de la oreja izquierda.

—Iris activó el cristal porque es la VERDADERA
descendiente del clan de meteolandeses arcoíris que
desapareció hace tanto tiempo.

—¡Yo quiero ver la meteomagia arcoíris! —gritó
Brisa.

Iris arrugó la nariz y luego sonrió de oreja a oreja.

—Bueno, vale. ¡Pero solo un POQUITO!

Estela y Brisa la jalearon. Los adultos de la fiesta estaban tan entretenidos charlando que Iris pensó que nadie
se fijaría en si hacía un truco de magia. ¿Qué podía pasar?

CAPÍTULO 2
¡PUF!

Iris se aseguró de que la tía Nieblina no estuviese a la vista y de que sus padres seguían charlando al otro lado de la mata de vainas nebulares. Entonces agarró el bastón y adoptó la posición.

—¿Qué vas a haceeeer? —preguntó Estela, que casi no podía contener la emoción.

—Hmmm, ¿qué don arcoíris puedo usar? —reflexionó Iris—. Todavía no sé usar muchos...

—¿Has dicho «don arcoíris»? —preguntó Estela—. ¿Como si fuera un señor?

Iris se rio.

—No, un don es algo que se te da bien. Además de controlar la magia de los demás, puedo hacer cosas como crear toboganes arcoíris Y crear grandes burbujas arcoíris. Eso son dones arcoíris. ¡La semana pasada aprendí a ENCOGER fenómenos meteorológicos!

Estela cogió aire de golpe.

—¡Andaaa! ¿Sabrías volver pequeñitas y adorables a nuestras criaturas nube?

El búho nube ululó animándola. Brisa daba brincos y agitaba su instrumento de viento con mucha alegría.

Iris se concentró.

—Ese don solo lo he ensayado una vez con Nim —dijo—. Y creo que funcionó... ¡Supongo que podría intentarlo de nuevo!

Durante las semanas anteriores, Iris había empleado mucho tiempo en estudiar los diferentes dones arcoíris. Todos los meteolandeses arcoíris que habían existido habían nacido con una habilidad adicional llamada don arcoíris. En general, compartían el nombre con su don.

A Iris le gustaba leer los nombres de los meteolandeses ancestrales e intentar adivinar cuál era su habilidad adicional. Arcoíris Tobogán creaba franjas de colores que la transportaban de un lugar a otro. Con su don, Arcoíris Rebobina conseguía que la meteorología retrocediese un minuto, cosa que iba bien para esquivar el calambrazo que podía darte un rebelde si te lanzaba un rayo.

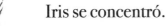

El don que más la intrigaba era el del profesor Arcoíris Barba. Se preguntaba qué pluviómetros tenían que ver las barbas con los arcoíris y el clima. ¿Para qué servía ese don? Estaba segura de que algún día lo descubriría.

Los dones de los meteolandeses arcoíris jamás se repetían y, si estos no se hubiesen extinguido, Iris también habría tenido uno. A menudo se preguntaba cuál habría sido. Pero cuando Iris destruyó el cristal sombrío, recibió la meteomagia arcoíris de TODO EL CLAN, y eso significaba que no solo tenía UN don: los tenía TODOS. Y eso también significaba que ¡le quedaba MUCHÍSIMO por aprender!

Estela y Brisa la observaban atentas. Iris intentó recordar cómo se hacía el truco de encoger los fenómenos meteorológicos. Había que mover el bastón dibujando un círculo grande, ¿verdad? Y luego se hacían los círculos cada vez más pequeños.

Iris estiró el brazo con el que sujetaba el bastón y sintió el cosquilleo de siempre en las puntas de los dedos: la magia le recorría el cuerpo. Hizo un círculo con el bastón. Soltó un suspiro de alivio al ver que un chorro de colores preciosos salía de la punta. Las niñas se maravilla-

ron con la cara sonriente. Al fin y al cabo, ¡cuesta mucho NO sonreír cuando ves un arcoíris!

En silencio, los colores rodearon a todas las criaturas nube de la fiesta. Entonces Iris empezó a hacer los círculos más pequeños. Poco a poco, las criaturas nube al alcance de su magia empezaron a encogerse. ¡Funcionaba!

Estela y Brisa rompieron a reír. Los adultos estaban tan entretenidos hablando que no se enteraban de nada.

—¡Oooh, qué mono ha quedado mi búho nube! —exclamó Estela, con el búho nube en miniatura en la palma de la mano.

—Ojalá yo también tuviese meteomagia arcoíris —dijo Brisa.

Iris se alegró muchísimo de que el truco le hubiera salido bien.

Entonces sintió un hormigueo furioso en los dedos y notó que la magia flaqueaba.

—Ay, ay, ay... —musitó Iris.

Las criaturas nube empezaron a menearse y luego aumentaron de tamaño a supervelocidad.

—¿Iris? —dijo Nivo—. ¿Qué pasa?

Iris le dio vueltas al bastón con desesperación.

—¡Creo que he usado la magia con demasiadas criaturas nube a la vez! —exclamó.

Los adultos se dieron cuenta de que las criaturas nube se hacían grandes y más y MÁS GRANDES. Y entonces...

¡PUF!

Todas las criaturas nube de la fiesta estallaron.

Los niños chillaron.

Nim, en cambio, estaba ENCANTADO de ver que las demás criaturas nube estallaban como él. Hizo girar su ENORME cuerpo mullido y dio vueltas hasta que se enredó con sus propias patas.

—¡Que no cunda el pánico! —les pidió Iris, al tiempo que pensaba a toda velocidad—. ¡Está todo controlado!

—¡ESTÁ TODO DESCONTROLADO! —se desgañitó la tía Nieblina frenética mientras corría entre el gentío.

—No pasa nada, ¡puedo arreglarlo! —dijo Iris, y levantó el bastón—. ¡Lo intentaré con otro don arcoíris que he aprendido! Este rebobina la meteorología un minuto.

Apuntó con el bastón hacia el batiburrillo de volutas espumosas en el que se habían convertido las criaturas nube y cerró los ojos.

—¿Estás segura de lo que haces, Iris? —preguntó Nivo con voz estridente.

—Completamente segura —respondió Iris, aunque el corazón le latía contra las costillas.

Cerró los ojos.

—Tengo que repetir en la cabeza lo que ha pasado, pero marcha atrás.

Sujetó el bastón con fuerza e imaginó que todas las criaturas nube volvían a estar enteras: mullidas y esponjosas y con la cabeza intacta.

Echó el bastón hacia atrás como si tirase de una palanca gigantesca. Notó el cosquilleo de siempre en los dedos y se le llenó la mente de colores. Entonces oyó más gritos.

—¿Ha funcionado? —preguntó al abrir los ojos.

¡PUF! ¡PUF!
¡PUF! ¡PUF!
¡PUF! ¡PUF!

Las criaturas nube se reformaban y explotaban sin parar, UNA y OTRA vez.

—Ay... Creo que no ha salido bien —dijo Iris.

—¡Estallan en bucle! —gritó Nivo, y esquivó por los pelos las ubres de una vaca nube que le rozaron la cabeza al pasar.

Nieblina señaló a Iris con un dedo tembloroso. Estaba furiosa.

—¡Esto es culpa TUYA! —le soltó.

—¡Ha sido un accidente! —gritó Iris—. Pero no te preocupes, las criaturas nube volverán a la normalidad enseguida. Nim estalla SIEMPRE y está perfectamente.

La cabeza de Nim pasó flotando, pegada a las cuatro zarpas.

—¿Lo ves? —Iris trató de sonreírle a su tía—. Está perfecto.

Pero la tía Nieblina tenía cara de ir a ESTALLAR de un momento a otro.

—¿Iris? Supongo que esto tendrá algo que ver contigo. ¿Me equivoco?

Nubia Grey, la madre de Iris, apareció con los brazos en jarra. Tenía una melena larga de color gris, recogida en un moño alto de donde sobresalían varios objetos. Llevaba un carrete de hilo plateado colgando del cinturón. Y cara de enfadada. El padre de Iris estaba justo detrás con Waldo, su ballena nube gruñona. Waldo parecía más malhumorado que de costumbre, ya que había estallado tres veces seguidas.

—Bueno, a lo mejor sí he tenido algo que ver —empezó Iris—. Pero...

—¡Iris les ha echado UNA MALDICIÓN A TODAS LAS CRIATURAS NUBE! —la interrumpió enloquecida la tía Nieblina antes de empezar a correr hacia la muchedumbre.

A la tía Nieblina le ENCANTABA reaccionar de forma exagerada. Nubia la miró con incredulidad.

—Cuéntanos qué ha pasado, cariñíbiris —dijo Nubia.

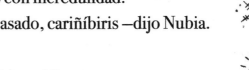

—Ha sido un accidente, de verdad —respondió Iris—. Estaba enseñándoles a Estela y Brisa la magia arcoíris y quería hacer el truco que encoge a las criaturas nube, pero no tengo suficiente práctica y... —dijo, y dejó la frase sin acabar.

—Ay, Iris, ya sabes que aún no dominas los dones arcoíris —le dijo Nubia muy seria.

Iris suspiró.

—Sí, me ha salido un poco mal. Lo siento.

—Ya lo sé —contestó Nubia, y le tocó la punta de la nariz—. Ve a pedirle disculpas a tu tía. Todos sabemos que se pone un poco como un duende niebla, pero hoy hay que tener el día en paz. Al fin y al cabo, es el primer cumpleaños del pequeño Nefelículus.

—Ya, supongo —dijo Iris, y esbozó una sonrisa torcida.

Brumo, el padre de Iris, le dio una palmadita afable en el hombro.

—Será mejor que ayudemos a encontrar los restos de las criaturas nube y a recomponerlas —propuso, y señaló con el cayado a Waldo, que no era más que una cola de ballena nube.

—Nivo y yo os echamos una mano —dijo Iris—.

Os aseguro que tengo mucha práctica, de tanto buscar los trozos de Nim.

—¡Voy! —respondió Nivo—. Pero primero me acabo el sándwich de pepinillos granizados.

Iba a comerse el último bocado, cuando...

¡CHOF!

Una ola tremenda de agua de lluvia empapó a Nivo de los pies a la cabeza, pero no alcanzó a Iris.

—Ha llegado Rocío —dijo Nivo con tono resignado, y se secó el agua de los ojos—. Y, como siempre, me ha estropeado lo que me quedaba de sándwich.

Del charco que acababa de formarse delante de Nivo salió una chica con el pelo de punta. Gota de Rocío Remolino era la otra mejor amiga de Iris. Era tan peleona como Nivo era tranquilo. Si alguien se atrevía a meterse con Rocío o con sus amigos, recibía un chorrazo en el culo.

Por desgracia para Nivo, siempre que ella aparecía, el sándwich de pepinillos granizados acababa chorreando. Se le cayó al suelo, pero Nim flotó hasta allí enseguida y se zampó los restos.

—¡Siento llegar tarde a la fiesta de dar la vaina! —exclamó Rocío muy sonriente—. ¿Os estáis divirtiendo?

Una niña pasó por allí corriendo y dando gritos; la seguía la cabeza de un oso nube que tenía picos en lugar de ojos.

Iris se mordió el labio.

—Bueno... —contestó—. Depende de lo que entiendas por diversión.

CAPÍTULO 3

LA JEFA DEL MOCO

Tardaron más de una hora en recomponer todas las criaturas nube, e Iris estaba segura de que más de una tenía patas de otras. Sin embargo, en ese momento prefirió no sacar el tema.

—Lo siento, tía —dijo avergonzada—. Todavía no conozco bien esta magia, pero hago todo lo posible por aprender.

—Iris no quería hacerle daño a nadie —añadió Nubia, y miró a su hija con las cejas enarcadas—. La próxima vez tendrá más cuidado.

—NO habrá una próxima vez —dijo Nieblina apretando los dientes, y miró muy mal a Iris—. Porque ¡no voy a invitarla a NINGUNA fiesta más de vainas nebulares! ¡Se acabó!

Nieblina cogió al pequeño Nefelículus en brazos y se volvió hacia la gente.

—¡Escuchadme TODOS! —gritó—. Acercaos. POR FIN es la hora de la ceremonia de la cosecha.

—Has tenido mucha suerte, cariñíbiris —le susurró Nubia camino de la mata de vainas nebulares—. Ojalá yo tuviera una excusa para no venir a estas fiestas. Pero como Nieblina es la hermana de tu padre, ¡no me queda más remedio!

Iris, Rocío y Nivo se subieron a un tocón detrás de la muchedumbre, al lado de Nubia y Brumo. Nim se sentó en la cabeza de Iris.

La tía Nieblina carraspeó muy alto.

—Como ya sabéis, hoy mi querido Nefelículus von Pompón cumple un año, y estoy encantada de veros a CASI todos aquí... —dijo, y miró a Iris con rabia— para ver el momento especial en el que descubriremos qué criatura nube lo acompañará toda la vida.

Iris se despistó mientras Nieblina hablaba sin cesar sobre lo maravilloso que era Nefelículus y, de pronto, algo le llamó la atención. En uno de los troncos que rodeaban la mata de vainas nebulares había un grabado muy bonito. Parecía un ojo con un remolino dentro y brillaba con fuerza. Iris había estado muchas veces en ese lugar del bosque, pero nunca lo había visto.

—Parece que los pintagarambainas han pasado por aquí —les susurró Iris a sus amigos, y señaló el garabato decorativo.

Los pintagarambainas eran famosos por dibujar símbolos extraños en los edificios y los muros de la Ciudad de Celestia.

Nivo se ajustó las gafas y entornó los ojos.

—¿Dónde? Yo no veo nada.

—Yo tampoco —dijo Rocío de puntillas.

—¿No lo veis? Está ahí, en el tronco —respondió Iris, y señaló de nuevo.

—¡SILENCIO, TODOS! —gritó Nieblina.

Los tres amigos se sobresaltaron con el grito, y miraron hacia la mata de vainas. Nefelículus estaba sentado en el suelo, masticando el tallo de una de las plantas nacaradas.

—¡Ha escogido una vaina!

La tía Nieblina arrancó la vaina nebular de la tierra. Los pétalos se abrieron poco a poco. El grupo de meteolandeses esperó a oír el **PUF** suave y gratificante de una criatura nube al nacer. Pero no se oyó ningún puf.

La vaina nebular estaba completamente vacía.

—Qué raro —susurró Iris.

—No lo entiendo —dijo la tía Nieblina con voz estridente—. ¡¿DÓNDE ESTÁ EL BEBÉ DE CRIATURA NUBE?! ¡Sin una criatura nube, Nefelículus no podrá usar la magia!

—A lo mejor es MUY PERO QUE MUY pequeño. Como un colibrí nube —dijo Iris.

Pero no había ni rastro de ninguna criatura por pequeña que fuese.

—La vaina debe de estar defectuosa —dijo Brumo con una sonrisa alegre y forzada—. ¿Por qué no lo intenta con otra?

Nefelículus le dio un toque a otra vaina nebular, y Nieblina la arrancó de la tierra. Se abrieron los pétalos. Nada.

La gente se quedó callada. Nefelículus se echó a reír, se tumbó boca arriba y se tiró un pedo. El sonido resonó por todo el bosque silencioso y la peste hizo que los presentes se dispersaran.

—A la tercera va la vencida, ¿no? —dijo Brumo ya casi sin sonreír.

Nefelículus le estornudó encima a otra vaina. Nieblina la arrancó de la tierra. La vaina se abrió… pero tampoco había nada.

—¿Dónde están las nubes bebé? —gritó la tía Nieblina.

—Seguro que hay una explicación lógica —dijo Brumo.

Los presentes esperaron. Él carraspeó.

—Eh… Pero yo no la sé.

—¡Que alguien llame de inmediato a un profesional de las nubes! —ordenó a voces la tía Nieblina.

Empezaban a aburrirse de tanto esperar. Nim olisqueó las vainas vacías, estalló e hizo ¡pum! Entonces todos oyeron una voz alta y operística.

—¡HE LLEGADO, QUERIDOS MÍOS!

Una mujer se abrió paso entre la muchedumbre mientras hacía girar el cayado con alegría. Llevaba un sombrero de ala ancha MUY extravagante, pintalabios chillón y tres pares de gafas con los cristales de color rosa. El abrigo largo de color morado oscuro tenía el cuello más alto que Iris había visto en la vida. Detrás de ella iba una babosa nube grande y con cara de amargada.

—¡He venido a RESOLVER este enigma nebular! —trinó.

—Cuánto ESTILO —comentó Nivo, que la observaba mientras ella repartía tarjetas de visita entre todos los asistentes a la fiesta—. Y ese sombrero me suena —añadió pensativo.

Iris miró las cuatro letras que había impresas en la tarjeta de visita. Formaban una palabra que pensaba que jamás vería en la tarjeta de un adulto. ¿Se le estaban mezclando las letras en la cabeza como de costumbre?

—No temáis, queridos míos —proclamó la mujer—. Soy la agente Nefia Meteoro. Esta es mi babosa nube: Señor Steve.

Señor Steve no mostró ninguna emoción.

—Soy la jefa del MOCO —dijo la mujer.

Iris había leído bien. Intentó no reírse.

—¿La jefa del MOCO? —se rio Rocío.

—El Ministerio de Ocasiones Climáticas Onerosas —contestó la agente Nefia—. MOCO es más corto. Es una organización secreta de Meteolandia que investiga y explica lo inexplicable. Sé todo lo que se puede saber sobre ecuaciones nubosas y nebulaciones. Seguro que habéis leído mi libro: *Enigmas nebulares y otras enfermedades nubosas.*

Nadie dijo nada.

A Nivo le salieron chorros de pensacopos por las orejas.

—¿Cómo puede ser que yo no lo haya leído? Si he leído TODOS los libros del cielo —se extrañó.

—Conozco todos los detalles de las vainas nebulares —continuó la agente Nefia.

M O C O

Se agachó junto a las vainas vacías y se rio para sí.

—Debo decir que nunca había oído hablar de vainas nebulares que estuvieran VACÍAS. ¡Menudo aprieto nebular!

La agente secreta meteorológica se sentó y estudió las vainas vacías un buen rato; mientras tanto, la tía Nieblina se quedó a su lado como una sombra molesta.

—¿Alguien tiene una lupa? —preguntó de pronto la agente Nefia.

—¡Sí! —contestó la madre de Iris, que se metió la mano en el moño y sacó una bota—. ¡Uy! —exclamó, y miró la bota con sorpresa—. La he buscado por todas partes. Espera, que está por aquí...

Nubia extrajo tres calcetines sueltos, un sándwich olvidado y un cuenco pintado antes de encontrar, por fin, la lupa.

Hubo cinco minutos de tensa espera mientras la detective estudiaba atentamente las vainas vacías. Entonces se levantó.

—¿Y BIEN? —exigió saber la tía Nieblina—. ¿Cuál es el veredicto?

—Las vainas vacías están muy sanas —dijo Nefia, y se acarició el mentón pensativa—. Pero voy a hacer UNA prueba más con el resto de las vainas cerradas para determinar si hay nubes bebé dentro.

La agente Nefia olisqueó otra vaina, hizo una mueca graciosa, cerró los ojos y alzó las manos por encima de la cabeza.

—Para averiguar algo sobre la vaina, debo SER la vaina —anunció.

Iris tuvo que sostenerse la mandíbula para no romper a reír delante de todos.

—¿Estás SEGURA de que así sabrás si están vacías? —preguntó Nieblina.

Nefia levantó la mano para acallarla.

—Silencio mientras canalizo mi VAINA interior.

Iris esperaba que el resto de las vainas tuvieran nubes bebé dentro. Quiso abrazar a Nim para que la reconfortase, pero aún no había vuelto de la última explosión.

La agente Nefia se puso en pie.

—Estoy convencida de que todas las vainas nebulares de esta mata están VACÍAS.

Hubo gritos apagados entre los presentes.

—¿QUÉ VOY A HACER? —aulló la tía Nieblina—. ¡Mi querido Nefelículus no podrá hacer magia hasta que haya formado un vínculo con una criatura nube!

Entonces se desmayó con su pequeño gorrión nube.

—Agente Nefia, ¿por qué están vacías las vainas? —preguntó Iris con miedo—. ¿Puedes hacer algo?

—Nunca había visto nada parecido —respondió la agente Nefia, y negó con la cabeza—. Soy brillante, pero estoy sin palabras.

—Voy a llamar al Consejo de Meteorólogos —dijo Nubia, y abrió la tapa de la telebrújula—. ¡Debemos informar de esto inmediatamente!

Mientras esperaban a que llegase el Consejo de Meteorólogos, el padre de Iris abanicó a la tía Nieblina con una hoja rayo bien cargada. Cuando la hoja rayo le había dado unas cuantas descargas en el entrecejo, Nieblina por fin volvió en sí.

—Ya está, ya está —dijo Brumo, y ayudó a su hermana a levantarse.

Tenía el gorrión nube chafado debajo del brazo.

Nieblina miró a Iris con saña.

—Mi pobre bebé no tendrá criatura nube y ¡todo por TU CULPA!

—¿Cómo va a ser culpa mía? —preguntó Iris con el ceño fruncido.

—Debes de haberles hecho algo a las vainas nebulares al hacer estallar las criaturas nube —voceó la tía Nieblina—.

Antes de que empezases a hacer el tonto con los arcoíris, todo estaba bien.

Había dicho «arcoíris» como si la palabra le dejase mal sabor de boca.

—¿Y si has hecho desaparecer todas las criaturas nube PARA SIEMPRE?

—¡Eso no puede ser verdad! —repuso Iris.

Sin embargo, había empezado a dudar, aunque fuese solo un poquito.

¿Y si se las había arreglado para hacer desaparecer las nubes bebé?

CAPÍTULO 4

LA CUEVA ARCOÍRIS

—La magia de Iris NO es responsable de las vainas vacías —espetó Nubia.

—¿Por qué estás tan segura? —ladró la tía Nieblina.

Nubia miró mal a Nieblina.

—Porque soy la madre de Iris —dijo—. Su magia es buena. Jamás haría algo así a propósito.

A Iris se le hinchó el pecho de orgullo. Su madre era la MEJOR.

Por suerte, llegó el Consejo de Meteorólogos y mandó a todo el mundo a casa. La fiesta de vainas nebulares se había terminado de verdad. Iris observó mientras un meteorólogo nival usaba su meteomagia para crear una valla de hielo alrededor de la mata de vainas, mientras que la agente Nefia comentaba sus conclusiones con el resto del consejo.

Iris y sus amigos se marcharon del bosque sin prisa. Ella iba toqueteándose el mechón de pelo azul.

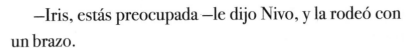

—Iris, estás preocupada —le dijo Nivo, y la rodeó con un brazo.

—¿Cómo lo sabes? —preguntó Iris, que infló el pecho y sonrió sin ganas—. ¡Estoy BIEN!

—Qué mal mientes —dijo Nivo—. Siempre que estás preocupada te toqueteas el mechón de pelo azul. Y te tiras del verde cuando cuentas mentirijillas.

Miró a Iris con su sonrisa torcida, que le resaltaba el hoyuelo de una de las mejillas.

—El niño nieve tiene razón —dijo Rocío, y ayudó a Iris a desenredarse el pelo de los dedos—. ¿Qué te pasa?

Iris respiró hondo.

—¿Y si de verdad les he hecho algo a las vainas nebulares, aunque sea sin querer? —preguntó—. Nadie sabe cómo afecta la meteomagia arcoíris a las cosas.

Se oyó como si alguien inflase un globo y Nim apareció por fin. Tenía cara de estar muy confundido y la cabeza era demasiado pequeña para el cuerpo, pero a Iris no le importaba. Lo único que quería era un GRAN abrazo de gato nube. Nim le acarició el cuello con el hocico y le lamió las mejillas, y con eso Iris se sintió un poco mejor.

—No creemos que sea culpa tuya —respondió Nivo

con cuidado—. Y, aunque lo fuese, sabemos que encontrarás la manera de arreglarlo. Nosotros te ayudaremos.

A Iris le temblaron los labios y de pronto se dio cuenta de que sonreía.

—Tienes razón, Nivo —dijo, y enderezó la espalda—. No soy solo una meteolandesa arcoíris: soy IRIS GREY, e Iris Grey nunca se da por vencida. Ayudaré a encontrar las nubes bebé, ¡haré todo lo que haga falta!

Intentó chocarles los cinco a sus amigos y falló las dos veces. Nim maulló contento.

—Vamos a la cueva arcoíris —propuso Iris—. Allí DEBE de haber información sobre cómo afecta la meteomagia arcoíris a las nubes y las vainas nebulares.

Iris y sus amigos fueron a su nuevo rincón favorito. Nim flotaba junto a Iris y de vez en cuando daba vueltas en el aire para atrapar con la boca algún bichito entre las nivelargas dalulas.

Las hojas de los árboles brillaban con la luz del gran Girasol del cielo y arrojaban sombras sobre las siete piedras que se alzaban en el Círculo de Piedras Meteo-

rológicas. En Meteolandia siempre hacía sol gracias al Girasol reluciente que le proporcionaba luz y calor a la Tierra.

El Círculo de Piedras Meteorológicas siempre había sido uno de los lugares favoritos de Iris. Cada una de las siete piedras tenía grabado un símbolo particular relacionado con un tipo de meteorología y el instrumento que se usaba para canalizarlo, como los guantes de lana para la magia nival o una capa pluvial para la magia de la lluvia. Al principio solo había seis piedras, pero el día que Iris consiguió la meteomagia arcoíris, el árbol que había en el centro del círculo desapareció

misteriosamente y en su lugar apareció la más grande de todas: la Piedra Meteorológica Arcoíris.

Iris se plantó delante y dijo la contraseña.

—¡BARBA! —exclamó en voz alta.

Apareció una puerta en forma de remolino arcoíris, e Iris y sus amigos entraron por la piedra, se deslizaron por un tobogán arcoíris y acabaron bajo tierra.

En la cueva subterránea, la cueva arcoíris, había raíces rizadas por toda la pared y farolillos chispeantes de girasol que centelleaban mientras una brisa suave mecía las campanitas. Hace más de mil años, ese lugar era el hogar de un ancestro antiquísimo de Iris: el profesor

Arcoíris Barba. La cueva era el lugar PERFECTO para que Iris practicase la magia por las tardes. Las notas que el profesor Arcoíris Barba había dejado con detalles sobre la meteomagia arcoíris eran muy útiles, aunque le quedaban muchas por leer. Menos mal que existían, porque en la Academia Celeste no daban clases de meteomagia arcoíris.

Durante los seis meses anteriores, la cueva arcoíris también había sido el hogar de Albaclara DeLight, una meteolandesa solar. La mujer alta de ojos cristalinos apareció en cuanto llegaron Iris y sus amigos.

—¡Hola! ¡MIRAD, chicos! Este fin de semana me he hecho unos patines de girasoles —exclamó Albaclara, y se señaló los pies sonriente—. ¡Funcionan con magia solar! Estoy deseando poder salir de nuevo para probarlos como es debido —dijo, y rodó hacia atrás—. Pero no miréis detrás de ese póster...

Un dibujo chapucero de un girasol se despegó de la pared y dejó a la vista un curioso agujero con la forma de Albaclara.

—Ya lo arreglaré —añadió avergonzada.

Se frotó la frente, donde tenía un chichón pequeño.

Albaclara no podía salir de la cueva arcoíris durante un año; era el castigo por haber estado a punto de destruir el bosque más viejo del mundo. Siempre había sido la heroína de Iris, así que cuando esta se enteró de que la meteolandesa solar se había vuelto rebelde, fue como un puñetazo en el estómago. Pero sabía que Albaclara en el fondo era buena y, además, la meteolandesa solar había pasado página y se le daba bien organizar los libros antiguos y las notas del profesor Arcoíris Barba para que Iris practicase.

Mientras Nivo ojeaba un libro grueso sobre sabiduría tradicional de la magia arcoíris para averiguar cómo podía afectar esa meteomagia a las criaturas nube, Iris le contó a Albaclara lo que había ocurrido en la fiesta de vainas nebulares. La aportación de Rocío y Nim fue devorar en un momento un montón de pasteles de color azul brillante que se llamaban retumbollos (había que comérselos rápido porque, si no, ¡entraban en erupción y les salía sirope de color rosa!).

—Parece que ha sido un día bastante ajetreado —dijo Albaclara.

Se dio unos golpecitos en la barbilla y después abrió mucho los ojos.

—¡Uy! Hay un don que QUIZÁ te ayude a encontrar las nubes bebé.

A Iris se le aceleró el pulso.

—¿De verdad? ¿Cuál?

—Veamos: tú no sabes DÓNDE están las nubes bebé, ¿verdad? —dijo Albaclara—. PODRÍAN estar perdidas o escondidas...

Cogió un montón de hojas de papel: cada una hablaba de un meteolandés arcoíris y de su don.

—¡Esta mujer se llamaba Arcoíris Rescate! —dijo Albaclara, y señaló la foto de la meteolandesa arcoíris—. Con su don encontraba meteorología escondida o perdida ¿Qué te parece?

Iris sintió que se le llenaba el pecho de esperanza.

—Albaclara, ¡eres un GENIO! Ahora tengo que aprender a hacerlo.

Iris agarró el bastón.

—Si funciona, encontraremos las nubes bebé —dijo dando saltitos de la emoción.

—¿Y qué pasa si las nubes bebé no están perdidas ni escondidas? —preguntó Nivo—. ¿Qué pasa si han desaparecido de verdad?

—Supongo que no hay nada que perder —respondió Iris, y sonrió de oreja a oreja—. Y si hay ALGO que perder, ¡lo encontraré!

CAPÍTULO 5

RESCATE

—Vamos a probarlo primero dentro de la cueva —propuso Albaclara—. ¡Por si acaso rescatas algo que no quieres rescatar!

—Buena idea —contestó Iris, y le dio vueltas al bastón en la mano—. ¡Y luego vamos todos a la mata de vainas nebulares para encontrar las nubes bebé!

Albaclara negó con la cabeza.

—Lo siento, chica —dijo—. Yo tengo que quedarme. Si me pillan fuera de la cueva arcoíris, me mandarán a la Prisión Precipitatoria para siempre.

Iris hizo una mueca.

—Es verdad. Vale, vamos a ensayarlo. Seguro que no es TAN difícil. Nim puede ser el sujeto.

Le dio al felino mullido una palmadita en la cabeza, y Nim dio una vuelta contento.

—Voy a cerrar los ojos mientras se esconde.

Iris contó de diez a cero. Cuando abrió los ojos, no se veía a Nim por ninguna parte. Albaclara carraspeó y leyó las instrucciones para hacer la magia de Arcoíris Rescate.

—Primero, hay que centrarse en LO QUE hay que encontrar —dijo Albaclara.

Iris pensó solo en Nim y se le llenó la cabeza con su gran cara algodonosa. Qué bonito.

—Cuando te hayas concentrado en la cosa perdida o escondida, señala hacia arriba con el bastón —terminó de leer Albaclara.

Iris se concentró mucho.

Nim, Nim, Nim, Nim, pensó. Pero entonces se despistó un poco, como le pasaba a menudo. Le vino a la cabeza lo que había dicho Albaclara: «Por si acaso rescatas algo que no quieres rescatar». No quería duendes niebla porque eran horribles; en el bosque donde estaban no había nada IGUAL de horroroso.

—¿Iris? —dijo Nivo.

La voz hizo que se centrase de nuevo.

—Ay. Estoy lista —dijo al sobresaltarse.

Apuntó hacia arriba con el bastón.

Notó la calidez de la magia por todo el cuerpo. Un torrente de colores en la mente. Sujetó el bastón con fuerza y un arcoíris muy fino salió de la punta y se convirtió en un caminito de colores que recorrió la cueva y las paredes cubiertas de raíces y salió al bosque.

Iris sintió un zarandeo en el bastón, como si algo tirase del otro extremo del arcoíris largo y delicado.

—¡Bien! —gritó encantada—. ¡He atrapado a Nim!

Algo hizo ¡POP! a los pies de Iris y una niebla verde y apestosa se esparció por la cueva.

—Creo que no es Nim —dijo Nivo, y se tapó la nariz.

Se oyó una risita y un balbuceo. Entonces Iris alcanzó a ver algo que corría alrededor de ella y tenía el trasero lleno de granos.

—¡Creo que has encontrado un bebé de duende niebla perdido! —exclamó Albaclara.

Tosió y una neblina verde le tapó la cara.

Tardaron más de una hora en atrapar al bebé de duende niebla y en escampar la neblina apestosa. Nim apareció para echarles una mano. Rocío se charcoportó con esa plaga de los bosques y lo devolvió a las charcas subterráneas donde vivía.

Iris se dejó caer al suelo y el bastón rodó a su lado.

—Lo siento —suspiró—. He pensado que NO quería encontrar un duende niebla y así es como lo he encontrado... ¡Qué DIFÍCIL es hacer magia, barómetros!

—Lo conseguirás —dijo Albaclara, y le rodeó los hombros con un brazo—. Ten paciencia. Estás aprendiendo la magia que otros aprenden en diez años: recuerda que todos los demás han nacido con magia.

—Por no hablar de que tienes que aprenderte los dones arcoíris de todo un clan. Eso es un MONTÓN de magia para una persona —añadió Rocío.

—Tenéis razón —dijo Iris, y le sonrió a Albaclara con un poco de preocupación—. No me malinterpretes, te agradezco muchísimo que me ayudes a aprender. Pero me iría muy bien contar con otro meteolandés arcoíris. Alguien que entienda cómo funciona este tipo de magia.

El reloj de sol de la pared dio la hora.

Iris se sorprendió.

—¿Cómo se nos ha hecho tan tarde? —preguntó—. Tenemos que volver a casa para cenar.

Se levantó no muy animada y se metió el bastón en las trabillas del chaleco.

—Mañana por la tarde vuelvo —le dijo a Albaclara—. Buscaremos otra manera de resolver el misterio de las vainas nebulares. ¡Estoy decidida a averiguar qué les ha pasado a las nubes bebé!

Fuera de la cueva arcoíris, Iris y sus amigos se subieron al lomo mullido de Nim y echaron a volar.

Mientras sobrevolaban el Bosque Barómetro y la Ciudad de Celestia, Iris no podía parar de pensar en las vainas vacías.

En la ciudad siempre había muchos meteolandeses eólicos montados en la variedad de trompetas y trompas y flautas con las que volaban. Se oyó el zumbido de un rayo y el murmullo de un trueno mientras un dúo de meteolandeses de los rayos y los truenos (siempre eran dos) se preparaban para interpretar su cancioncilla celeste más reciente en el Rincón de las Risas.

Iris inhaló el aroma dulce de las milhojas chisporroteantes de copos y de los sabrosos retumbollos justo cuando sobrevolaban el Horno del Bollo Caliente camino del Barrio Nubenimbo.

—¿Queréis venir a casa a probar los bocatas de biosfera de mi padre? —les preguntó Iris.

—¡SIEMPRE! —canturreó Rocío, y se frotó la tripa.

—Yo no puedo —contestó Nivo—. Tengo que volver a casa a prepararme para el Encuentro Anual del Gran Muñeco de Nieve de mañana. La abuela Permafrost está confeccionando un sombrero nuevo para la ocasión y he de estar allí.

—Un momento, nievalotodo. Mañana hay clase —dijo Rocío.

—Mañana no voy —respondió Nivo.

Iris y Rocío miraron a su amigo con incredulidad.

—No has faltado a clase ni un solo día —dijo Iris—. Ni siquiera cuando te colgaban carámbanos de la nariz. Tienes una asistencia del cien por cien.

—Del ciento DOS por ciento, de hecho —la corrigió Nivo—. Pero el Encuentro Anual del Gran Muñeco de Nieve es una tradición para todos los meteolandeses nivales a partir de los once años. Será mi primera vez. Es una excursión a ver el muñeco de nieve que lleva MÁS TIEMPO en pie del mundo. ¡No se ha derretido en más de mil años!

—Leí lo del muñeco de nieve en uno de los libros de Albaclara —dijo Iris sin aliento—, pero no acabé de entenderlo del todo.

—Me parece... ¡imposible! ¡¿Por qué no se ha derretido todavía?! —chilló Rocío—. No lo entiendo. ¿Nos lo podrás explicar algún día?

Nivo encogió los hombros.

—Nadie lo sabe. Es muy cerca de donde estaba el Árbol más Viejo del Mundo. Hace siglos, los meteolandeses nivales creían que daba buena suerte y lo llamaron el Gran Muñeco de Nieve. Se convirtió en tradición ir la primera noche de invierno a llevarle ofrendas de agradecimiento, participar en hechizos ancestrales y añadirle más nieve. —Sonrió con melancolía—. La abuela Permafrost le hace un sombrero MUY EXTRAVAGANTE todos los años como ofrenda, igual que hacía su abuela antes que ella. Es una tradición de los Permafrost y espero continuarla.

—Es el gran muñeco de nieve y ¡el MEJOR VESTIDO! —se rio Iris.

—Qué suerte tienes, niño nieve —dijo Rocío—. Mañana tenemos reunión a primera hora y luego sesión DOBLE de Termomoterismo con el señor Corriente. Será un día HORRIBLE.

CAPÍTULO 6

EL JALEO CON LAS VAINAS

El lunes por la mañana, Iris se despertó al oír a su madre musitando palabrotas en el tejado mientras se daba un martillazo en el dedo o se le enredaba el pelo remendando el tul plateado del número nueve del Barrio Nubenimbo.

La veleta de la mañana ya había publicado la noticia de las vainas vacías. Puf el cartero les entregó el periódico por la ventana, directo al cuenco de copos nubladitos: CHOF. Por suerte, Nim lamió la leche antes de que el periódico se empapase.

—Gracias, Nim —dijo Iris.

Le dio un beso en la frente al gato nube. Cogió el periódico y leyó con atención:

¡JALEO CON LAS VAINAS!

*Ayer por la tarde, tras una fiesta de
cosecha de vainas nebulares, el Consejo
de Meteorólogos confirmó que las nubes
bebé HAN DESAPARECIDO. La agente
Nefia Meteoro añadió que todas las
vainas parecían muy sanas.
Por lo tanto, es posible que haya
gato encerrado. Durante una entrevista,
la meteolandesa de las nubes Nieblina
von Pompón se mostró muy angustiada:
«Mi niño se ha quedado sin compañero
de vida y, por lo tanto, sin magia.
Creo que no es coincidencia que haya
ocurrido después de que Iris Grey
hiciera explotar todas las criaturas
nube de los asistentes».*

Iris frunció el ceño.

—Me cuesta creer que mi propia tía me culpe de esa
manera —dijo.

Nim le bufó a la página. Iris continuó leyendo:

El Consejo de Meteorólogos insta a los meteolandeses a no dejarse llevar por el pánico. La meteoróloga jefa doña Voluta Espumante nos asegura que: «Tenemos la situación controlada y hemos desplegado a nuestros mejores meteorólogos, guerreros del clima, doctores e investigadores para llegar al fondo de la cuestión y encontrar las nubes bebé desaparecidas lo antes posible».

Iris abrazó a Nim. Pensó en su primo Nefelículus. ¿Qué podía pasar si no conseguía una criatura nube? ¿Se quedaría sin magia para siempre?

—¡CALABAZA! —gritó el padre de Iris.

Iris se sobresaltó y a Nim se le cayó la cara.

—¡Papá! —exclamó Iris con una mano en el corazón.

Se le había olvidado por completo que su padre se había sentado a la mesa con ella. Bebía té de Ozonia y estaba enfrascado en la lectura de un libro titulado: *Cucurbitáceas y otras historias.*

—Ay, lo siento, cariñíbiris —dijo avergonzado—. El mes pasado este libro me dejó sin sentido durante la batalla del librornado de Londres.

Acarició la página con afecto.

Brumo Grey era guerrero del clima. Luchaba contra los Rebeldes Meteorológicos, que causaban las tormentas de la Tierra. Pero por muy malo que fuese el rebelde o muy grande la tormenta, Brumo SIEMPRE recopilaba objetos y datos interesantes. Unas semanas antes había llevado a casa una cosa que se llamaba yoyó, y a Iris le había EXPLO-TADO la cabeza.

—¿Sabías que en la Tierra cultivan unas cosas redondas de color naranja muy graciosas que se llaman calabazas? —le dijo a Iris—. Y todos los años hay una celebración que se llama... —continuó, y consultó la página que leía— Halloween. Les tallan dibujos en la corteza.

—Qué cosa más rara —contestó Iris.

En general mostraba más curiosidad por los datos interesantes de su padre, pero ese día estaba demasiado distraída. Se toqueteó el mechón azul.

—Papá, ¿tú crees que yo hice desaparecer las nubes bebé?

—Ay, cariñíbiris... —Brumo le dio un abrazo a su hija—.

Nadie sabe qué ha pasado con las nubes bebé. Pero no creo que tenga nada que ver contigo ni con tu meteomagia. Ya verás como todo sale a pedir de boca. Hablando de salir, será mejor que me vaya a trabajar.

Miró la telebrújula que llevaba colgando del bolsillo del chaleco.

—Está cayendo un chaparrón extraño en Inglaterra.

—A mí eso no me parece raro —dijo Iris—. Los meteorólogos hacen que llueva en Inglaterra todo el tiempo, ¿no es así?

—Sí. Pero esta lluvia no la ha planeado el Consejo de

Meteorólogos —contestó Brumo—. ¡No tenemos ni idea de quién la ha creado!

—Eso sí que es extraño —respondió Iris—. Bueno, buena suerte. ¡Que encontréis a los creadores misteriosos de lluvia!

Le dijo adiós con la mano mientras él se alejaba de la casa a lomos de Waldo, la ballena nube.

Sus libros y las notas arcoíris volaron por los aires cuando Iris entró rodando a toda velocidad en la Academia Celeste: Nim había explotado momentos antes de aterrizar. La mayoría de los alumnos se quitaron de en medio justo a tiempo. A esas alturas ya estaban acostumbrados a los aterrizajes forzosos de Nim.

La Academia Celeste parecía construida de cualquier manera, con un montón de torretas y escaleras retorcidas que conectaban los diferentes niveles de la escuela meteorológica. Unas ramas gruesas se entrelazaban con la estructura y hacían que formase parte no solo del bosque, sino de los árboles.

Iris lo recogió todo y subió a la última planta de la escuela, donde se hacía la reunión de los lunes por la mañana. Formó una fila con el resto de los alumnos de primero y se dio cuenta de que algunos susurraban a su paso y la observaban.

Notó que alguien le daba un golpecito en el hombro. Se volvió y vio a otro alumno de primero: Percy Bello Ventarrón. Este ni siquiera esperó a saludarla antes de ponerse a hablar a toda velocidad.

—¿Hoy has leído *La veleta de la mañana*, Iris? ¿Qué sentiste cuando viste las vainas nebulares VACÍAS? ¿Fue raro? Debe de haber sido raro. ¿Tuviste MIEDO? Yo no creo que hayas sido tú. ¡Habrá sido un SECUESTRANU-BES! ¿No crees?

De la trompeta que llevaba sujeta a la espalda salió un pequeño bocinazo de magia eólica.

—Si es un secuestranubes, ¡le daré un buen CHO-RRAZO! —dijo Rocío, que acababa de hacer una entrada muy dramática justo detrás de ellos a través de un charco.

Se sumaron más alumnos a la fila que de vez en cuando miraban a Iris con disimulo. Ella nunca había tenido tantas ganas de empezar una reunión matinal.

—¿Crees que las nubes bebé se las ha llevado algún REBELDE? —preguntó Percy.

—No lo sé —contestó Iris, pensando que ojalá Percy dejara de hablar del tema delante de los demás alumnos—. Pero espero que podamos colaborar entre todos para encontrar a las nubes bebé y devolverlas a casa sanas y salvas. De verdad, espero que estén bien.

—¡No la creáis! Todo paparruchas, ¡fatal!

—No le importa si las nubes están bien o mal.

Iris suspiró. Solo había dos meteolandeses que hablaban haciendo pareados tan crueles como esos.

Chispa y Frago Fulmín: dos mellizos que hacían rayos y truenos.

CAPÍTULO 7

LOS ARCOÍRIS NO SON NORMALES

Chispa y Frago eran los niños más desagradables de la escuela. Se metían con Iris cuando ella no tenía meteomagia y ahora que la había conseguido se portaban aún peor. Rocío gruñó y se agarró el borde de la capa pluvial, preparada para salpicar.

—Las nubes SÍ me importan —contestó Iris, y notó que se ponía de muy mal humor—. Me importa TODA la meteorología.

Los mellizos estaban una al lado del otro, con el flequillo de mechas verdes tapándoles la cara sonriente.

—Te falló un hechizo arcoíris, lo hemos oído —dijo Chispa.

—Y POR ESO las nubes bebé han desaparecido —terminó Frago.

Iris intentó no hacer caso de esos dos. Pero eran tan crueles que continuaron.

—¡Qué magia más rara! NO ERES DE FIAR —dijo Chispa mientras hacía rodar la vara de los rayos entre los dedos.

—Los arcoíris no son normales, ¡MIEDO deben dar! —añadió Frago.

Iris los miró con cara de poquísimos amigos.

—Os equivocáis —dijo firme—. Los meteolandeses arcoíris existen para mantener el equilibrio y la armonía entre la Tierra y el cielo. Y es justo lo que voy a hacer.

Chispa y Frago se carcajearon.

—Por si se os ha olvidado, ¡hace unos meses Iris nos salvó a todos de un montón de rebeldes! —les dijo Rocío—. No creo que NINGUNO de vosotros pudiera hacer eso en el primer trimestre de escuela.

Iris sonrió a su amiga.

Chispa ladeó la cabeza. Su vara crepitaba con los rayos de electricidad verde que le salían de la punta. Frago se rio, golpeó el tambor tronador que llevaba a la espalda y se oyó el rumor de un trueno por todo el pasillo.

Chispa se echó hacia delante.

—Tenemos sospechas, pero ¿quién más podría ser?

—¿Quién vació las vainas nebulares ayer? —terminó Chispa.

Rocío se preparó para salpicarlos. Entonces, Iris se sorprendió al ver que Percy cogía la trompeta de viento y se la llevaba tembloroso a la boca.

—Ya basta de meteros con Iris —les tartamudeó a los mellizos—. ¡Si seguís, os soplo un VENDAVAL en la cara!

Los alumnos estallaron a reír.

Aprovechando que todo el mundo escuchaba, Chispa intervino a propósito en voz muy alta:

—Un día Iris me QUITÓ el control de los rayos.

—Es VERDAD —dijo Frago—. Menudo susto nos llevamos.

—No fue queriendo —contestó Iris, que se había enfadado MUCHO—. Además, ¡estabas a punto de pegarle un chispazo a Rocío en el TRASERO!

La palabra TRASERO resonó por todo el pasillo.

Iris se horrorizó al ver que la subdirectora, la maestra Mollina, estaba justo detrás de ella con los brazos cruzados y cara de muy mal genio.

—¿Te pasa algo en el trasero, Iris Grey? —dijo la maestra Mollina muy seria.

Las risas de los alumnos acabaron de golpe con una sola mirada gélida de esa mujer de aspecto severo. Su capa pluvial ondeaba suavemente. Las gafas que llevaba en la nariz eran tan y tan pequeñitas, que Iris se planteó si la maestra Mollina necesitaba gafas para ver esas gafas.

Iris cayó en que la maestra esperaba una respuesta.

—No, maestra Mollina. Lo siento —musitó Iris.

No valía la pena discutir. Había gritado cuando NO debía y estaba demasiado enfadada para dar explicaciones.

—Bien —respondió la maestra—. Otro arrebato como ese y después de clase te pondré una redacción de MIL PALABRAS sobre lo que te pasa en el trasero.

Chispa y Frago soltaron una risilla.

—No penséis que vosotros os vais a librar —les ladró la maestra a los mellizos.

Se echó la capa a un lado y condujo a los alumnos a la Cúpula Celestial.

Solo hacía seis meses que la maestra Mollina era la subdirectora de la Academia Celeste y ya había dejado BASTANTE claro que Iris no le caía bien y que no estaba de acuerdo con su tipo de magia. Era cierto que un día Iris había teñido el comedor entero de los colores del arcoíris por error y que había tomado el control sin querer de toda una clase de alumnos nivales y les había congelado el trasero a las sillas, pero se esforzaba muchísimo por mejorar.

No le importaba estudiar todas las tardes con Albaclara en la cueva arcoíris mientras los demás practicaban meteomagia juntos; en el fondo, ahora Iris en la escuela se sentía todavía más apartada que cuando no sabía hacer magia. Tenía la esperanza de que algún día los maestros impartiesen clases de meteomagia arcoíris. Quizá así se sentiría más integrada.

Iris se sentó con Rocío y los demás alumnos de primero en la fila delantera de la Cúpula Celestial. La cúpula era una gran estructura de cristal en lo más alto de la escuela; asomaba entre las copas de los árboles y tenía vistas a la Ciudad de Celestia, más allá del bosque. El símbolo de la academia, una veleta gigantesca, resplandecía a la luz del Girasol. Iris se fijó en el asiento vacío que tenía al lado: era donde Nivo solía sentarse. Se le hizo extraño no verlo allí y deseó que se divirtiera de lo lindo en el Encuentro Anual del Gran Muñeco de Nieve. Pero el asiento no estuvo vacante mucho tiempo, ya que Percy Bello Ventarrón lo ocupó enseguida.

—¡Buenos días, Academia Celeste! —saludó la maestra Mollina.

—Bueeeeenoooooos díaaaaaaas, maestra Moolliiinaaaaa —corearon los alumnos.

—Seguramente ya sabéis —dijo la maestra— que hoy hago las funciones de directora, ya que la profesora Glaciarela ha ido con todos los meteolandeses nivales al Encuentro Anual del Gran Muñeco de Nieve.

—Con todos NO —gruñó Fresco del Copo.

Era el único meteolandés nival que quedaba en la escuela. No cumplía los once hasta el día siguiente y se había perdido la oportunidad de ir a ver el Gran Muñeco de Nieve por los pelos.

—Sé que estáis todos un poco alborotados con la noticia de las vainas nebulares vacías —continuó la subdirectora—, pero os pido que todo prosiga con normalidad. Los meteolandeses de las nubes que tengan familiares jóvenes afectados por las vainas vacías, tenéis nuestro apoyo. No olvidéis que el Consejo de Meteorólogos estudia el caso junto con muchos otros, así que NO permitáis que eso afecte a vuestro trabajo escolar.

Iris se aferró a Nim.

—Os recuerdo que a mediodía hay entreno de Mangas Ondeantes —prosiguió la maestra Mollina—. La enhorabuena a los nuevos capitanes: Gota de Rocío Remolino y Alto Flucto.

Iris se emocionó y le dio un codazo a Rocío. ¡Qué orgullosa estaba de su amiga! Ser capitana del equipo de Mangas Ondeantes era una pasada.

Alto se levantó, se apartó el pelo blanco superbrillante e hizo girar el cayado de nubes. Su delfín nube hizo un salto mortal en el aire antes de nadar con elegancia por toda la sala.

Los estudiantes la aplaudieron y vitorearon.

—Qué presumido —farfulló Rocío.

A continuación, se levantó, agitó la capa con todas sus fuerzas y empapó a todos los alumnos de la cúpula. Después bramó:

—Es un HONOR.

—Gracias por el remojón, Rocío Remolino —dijo la maestra Mollina con frialdad—. Sigamos. ¡El grupo de campanillas de viento! Esta mañana vosotros tenéis una hora con madame Silbo. Se acerca el Reto Tilín Tolón anual y hace diez años que la Academia Celeste no pierde. ¡Contamos CONTIGO, Margarita Melodía!

Una alumna de segundo que tenía el pelo rizado asintió con entusiasmo.

—Los demás tenéis Estudio Climático General, como de costumbre —continuó la maestra Mollina—. Y hoy los de primero estáis de SUERTE: sesión doble de una buena clase de Termomoterismo de toda la vida con el señor Corriente.

Las dos primeras filas se quejaron. Iris echó de menos el grito de alegría que habría dado Nivo. Le encantaban las asignaturas más aburridas.

—Academia Celeste, ¡PODÉIS IROS! —canturreó la maestra Mollina.

Nim estalló e hizo **¡PUF!**

CAPÍTULO 8

EL VERANO DEL 69

Las dos amigas ya casi habían llegado a las aulas de Temperatura, en las ramas más bajas de la Academia Celeste, cuando oyeron un lamento muy sonoro que venía de un aula de segundo de ese mismo pasillo.

—¿Qué pluviómetros debe de haber pasado? —preguntó, intrigada, Rocío.

Las dos amigas se pusieron de puntillas para echar un vistazo por la ventana del aula. Vieron a una niña que agitaba el cayado de nubes con frenesí; tenía las mejillas bañadas en lágrimas. Sentada a su lado estaba la agente Nefia, que tomaba notas con cara de mucha preocupación. La babosa nube, Señor Steve, miraba con indiferencia desde la mesa. La maestra, una meteolandesa eólica que se llamaba señorita Tiple, intentaba calmar a la alumna por todos los medios.

—¡Uyuyuy! —exclamó Rocío—. ¿Qué habrá pasado?

Iris no contestó. En la puerta del aula había algo que brillaba. Era el mismo símbolo del ojo con el remolino que había visto el día anterior en un tronco del bosque.

—¡Mira! —dijo—. Otra vez el garabato del ojo.

—¿Dónde? ¿Tan MINÚSCULO es? —preguntó Rocío con la nariz casi pegada a la puerta.

Iris frunció el ceño.

—¿De verdad no lo ves?

—¡QUIERO MI FLAMENCO NUBE! —bramó la niña con fuerza.

Iris y Rocío se sobresaltaron. Volvieron a mirar por la puerta del aula y vieron que la agente Nefia negaba con la cabeza.

—Ay, no. Ha desaparecido otra criatura nube —susurró Iris.

Deseó poder darle un abrazo a Nim, pero aún no había reaparecido. Esperaba que volviera pronto porque ¡solo pensar en perderlo ya era insoportable!

Iris y Rocío pegaron la oreja a la puerta para escuchar y en ese momento la puerta se abrió de golpe. Entraron en el aula de cabeza.

—¿Nos espiáis por algún motivo? —les soltó la señorita Tiple.

—Hemos oído los lloros y queríamos saber si pasaba algo —respondió Iris.

El llanto de la alumna sonó aún más alto.

—No es asunto vuestro. ¡Volved a clase ahora mismo! —les bufó la maestra—. Si no, os mando a las dos a la maestra Mollina.

Iris cogió a Rocío de la mano, salieron corriendo y dejaron los lamentos atrás, junto con el extraño ojo reluciente.

Nim apareció por fin durante la clase de Termomoterismo.

—¿Estás bien, Nimoteo? —le preguntó Iris.

El gato nube solía estar contento y de buen humor, pero parecía un poco hecho polvo. Ronroneó una vez y flotó bajo la mesa.

—¿Qué mosca le ha picado? —preguntó Rocío.

Iris encogió los hombros.

—Ha tardado mucho en aparecer, a lo mejor está cansado —respondió—. O tiene hambre.

—O está aburrido —dijo Rocío—. Es que es la clase de Termomoterismo.

Iris y Rocío estaban dentro de una pirámide de cristal. Los demás alumnos también habían hecho parejas dentro de las demás pirámides y todas tenían aislamiento térmico. Como habían llegado tarde, Iris pensaba que se habrían perdido la introducción monótona del señor Corriente. Pero él aún seguía hablando.

—Todos los meteorólogos tienen un termostato —decía con tono aburrido—. Antes de crear la meteorología deseada, deben ajustar la temperatura según corresponda.

Tanto si trabajan en un pueblo pequeño como si se trata de una gran ciudad, la temperatura debe ser la CORRECTA. Una vez conocí a un meteorólogo que puso el termostato demasiado bajo y provocó una escarcha durante el verano del 69.

Miró a lo lejos.

—Qué tiempos aquellos. Unos amigos de la escuela y yo teníamos una banda. Pero Jimmy lo dejó, Jody se casó...

«Ay, ay, ay», pensó Iris. El señor Corriente volvía a las andadas. En todas las clases acababa hablando del pasado. Por suerte, enseguida se quedaba absorto en sus pensamientos y los alumnos podían practicar cómo se ponía el termostato a diferentes temperaturas.

—Me pregunto si habrán encontrado el flamenco nube que se ha perdido —susurró Rocío, y puso el termómetro a cero.

—Esp-p-p-pero que sí —contestó Iris castañeteando mientras la pirámide se congelaba.

Se oyó un golpe fuerte en la puerta del aula. A Iris se le cayó el alma a los pies al ver la expresión severa de la maestra Mollina. La subdirectora entró y escudriñó el aula. Miró a Iris a los ojos un instante.

—La criatura nube de una alumna de segundo ha desaparecido —dijo—. La agente Nefia Meteoro está trabajando en el caso y va a interrogar a todos los alumnos a lo largo del día. Espero que esto no tenga nada que ver con el uso de magia muy poco fiable... —añadió con tono pesimista.

Todos los alumnos de la clase se volvieron a mirar a Iris y después chismorrearon entre ellos. Ella notó que le caía una gota de sudor por la sien, aunque también podía ser porque Rocío había puesto el termostato a tope. A pesar del calor, Iris sintió un escalofrío en la espalda y una gran inquietud.

Cuando las campanillas de viento de la Academia Celeste señalaron la hora de comer, Iris ya tenía ganas de cambiar de aires. Rocío y ella se dirigieron al entreno en el Estadio La Manga de Viento Ondeante, en el extremo izquierdo del bosque.

—No dejes que la maestra Mollina te deprima —dijo Rocío, y le cogió la mano a Iris—. Es más triste que un día sin sol.

—Pasa algo raro, Rocío —dijo Iris pensativa.

—¿A qué te refieres?

—A que tengo una SENSACIÓN extraña —respondió Iris—. Primero desaparecen las criaturas nube de las vainas y ahora una criatura nube adulta. No puedo evitar pensar que pasa algo raro. —Le sonaron las tripas—. O a lo mejor es que tengo hambre.

—Yo digo que tenemos que centrarnos en algo alegre; por ejemplo, en mi primer entreno como CAPITANA del equipo de Mangas Ondeantes —dijo Rocío, y agitó la capa.

Iris sonrió.

—¡Claro que sí! Siento haber estado tan enfrascada en el misterio de las nubes cuando ¡debería estar animándote! —Cogió a su amiga del brazo y sacó una bolsa de frutos secos escarchados—. Podemos comer mientras volamos al estadio a lomos de Nim.

—¡Excelente idea! —dijo Rocío.

En lugar de expandirse para echar a volar, Nim se encogió.

—Oye, Nim, quizá sería mejor que crecieras un poco, así podríamos volar encima de ti —le dijo Iris a su gato nube.

Nim continuó encogiéndose.

—¿Nim? ¿Qué te pasa? —le preguntó Iris.

87

Pero Nim se limitó a ronronear con tristeza y esconderse detrás de la oreja de Iris.

—Creo que no se encuentra muy bien —dijo ella, y sintió una punzada de preocupación—. Lo siento, Rocío. No podemos ir volando.

—Pobre Nim —repuso ella, y se levantó la capa un poquito—. Conozco una manera MÁS RÁPIDA de llegar al Estadio La Manga de Viento Ondeante, pero a lo mejor no te gusta.

—Creo que no nos queda más remedio —dijo Iris con el gesto torcido—. Si vamos a pie, llegaremos tarde.

—Entonces, mejor comemos DESPUÉS de charcoportarnos —propuso Rocío.

CAPÍTULO 9

ALTO FLUCTO

Segundos después, las dos amigas se habían charcoportado al Estadio La Manga de Viento Ondeante. Era un laberinto descomunal que consistía en múltiples niveles llenos de obstáculos colocados al azar.

Rocío dio saltos de la emoción.

—Todavía no me creo que sea CAPITANA DEL EQUIPO de Mangas Ondeantes —canturreó.

—Yo sí me lo creo —dijo Iris—. ¡Eres una profesional de la charcoportación! Haces que parezca MUY fácil.

—Si te digo la verdad, Iris, el secreto de una buena charcoportación es tener EQUILIBRIO y estar relajada. Hay que dejar que el charco te lleve...

Rocío desapareció dentro de un charco que surgió a sus pies y al reaparecer salpicó agua: ¡CHOF!

—No le había dado ni un bocado —dijo una voz un tanto malhumorada.

—¡Nivo! —exclamaron Iris y Rocío al unísono.

Allí estaba Nivo: empapado, con un sombrero muy llamativo en la cabeza y un sándwich en la mano.

—¿Qué haces aquí? —preguntó Iris.

—¿Y qué llevas PUESTO? —añadió Rocío.

—He venido a ver a mi amiga jugar por primera vez como capitana de Mangas Ondeantes —dijo Nivo con una sonrisa torcida, y miró el sándwich calado—. Aunque empiezo a lamentarlo. Y el sombrero es el que me ha hecho la abuela Permafrost para ponérselo al Gran Muñeco de Nieve. Creo que me queda de fábula, ¿verdad?

—En primer lugar, no pienso contestar a eso —dijo Rocío—. En segundo lugar, ¿el sombrero no debería estar CON el Gran Muñeco de Nieve, donde se suponía que habías ido hoy con los demás meteolandeses nivales? No me digas que echabas tanto de menos las clases.

Nivo suspiró.

—No te equivocas: echaba de menos las clases. Pero no me habría perdido el Encuentro Anual del Gran Muñeco de Nieve por nada. Sin embargo...

Hizo una mueca a medio camino entre una risa y un ceño fruncido.

—El Gran Muñeco de Nieve ya no está en su sitio.

—¿Cómo? —dijo Iris, y se rascó la cabeza—. El muñeco de nieve que lleva en pie más de mil años ¿de repente ya no está?

Nim, que seguía acurrucado detrás de la oreja de Iris, emitió un maullido suave.

—¿Ha desaparecido sin más? —preguntó Rocío antes de guiñarle un ojo a Nivo y darle un codazo en las costillas—. ¡A lo mejor sabía que ibas TÚ!

—Muy graciosa —respondió Nivo con sarcasmo—. Nadie tiene ni brumosa idea de qué le ha pasado. Creemos que al final se ha derretido. Y me entristece un poco no haberlo visto, así que he pensado en volver a la escuela. ¿Me he perdido algo interesante?

—Iris te pondrá al día de los acontecimientos mientras yo me preparo para la MEJOR parte del día —dijo Rocío, e hizo un saludo militar—. La parte en la que yo les ondeo la manga a los del otro equipo. Sé que es solo un entreno, pero ¡quiero GANAR igualmente!

—Buena suerte, Rocío —le deseó Iris—. ¡Estaremos animando!

Cuando Rocío se marchó por un charco y la perdieron de vista, Iris respiró hondo y miró a Nivo.

—Vamos a buscar un buen sitio donde sentarnos y te cuento... —le dijo.

—¡Recopos de nieve! —exclamó Nivo cuando Iris le hubo contado lo que había sucedido.

—Está pasando algo raro —dijo Iris aferrada al bastón—. Y voy a averiguar qué es.

Nim le maulló triste al oído.

—Por no hablar —añadió Iris— de que al pobre Nim también le ocurre algo.

El gato nube flotó muy solemne al regazo de Iris antes de recuperar el tamaño normal de gato.

—Podría ser un caso de gripe del mal tiempo —sugirió Nivo—. Dicen que hay una pasa.

Hubo una chispa enorme seguida de un RETUMBO que venía de los comentaristas; eran meteolandeses de los rayos y los truenos y daban comienzo al partido de entreno de Mangas Ondeantes.

—¡Ahí está Rocío! —dijo Iris mientras saludaba contenta a su amiga—. Espero de verdad que gane su equipo.

—Ganarán —respondió Nivo sin más—. ¿Has visto al capitán del equipo contrario? Está demasiado ocupado presumiendo.

Era cierto. Alto Flucto le dio un par de vueltas al cayado de nubes antes de volver a posar y hacer morritos. A su lado, la delfín nube hacía giros y equilibrios sobre la cola.

Se oyó el chasquido de otro rayo, seguido del rugido de un trueno.

—¡Bienvenidos al primer entreno de la temporada! —dijeron los dos comentaristas a la vez—. El capitán del equipo tiene la misión de mover el objeto escogido a través

del laberinto usando solo meteomagia. Quien meta primero el objeto en la manga de viento al final de la pista de meteobstáculos GANA. Quien toque el objeto, queda descalificado. Si el objeto cae al suelo, tendréis que volver al inicio del laberinto. Como ya sabéis, en cada partido hay un objeto nuevo y aleatorio que nuestros conciudadanos han donado a los equipos. Hoy, para el equipo de Gota de Rocío Remolino, tenemos ¡un sombrero muy lujoso, cortesía de un meteolandés anónimo!

Nivo entornó los ojos y se dio una palmada en la cabeza.

—¡Es MI sombrero! Rocío debe de habérmelo robado antes de charcoportarse. De verdad, es que...

Iris no pudo evitar reírse mientras los jugadores entraban uno a uno en el estadio.

—El equipo de Alto Flucto jugará con un huevo que ha donado el padre de Iris Grey —dijo el comentarista tronador, y vitoreó con un retumbo—. ¡Gracias, Brumo Grey!

—Adelante, Mangas Ondeantes —dijo el comentarista de los rayos—. ¡Buena suerte y A HACER ONDAS EN EL CIELO!

El chasquido de un rayo señaló el inicio de la carrera.

Se oyeron gritos de ánimo y aplausos del puñado de alumnos que habían acudido a apoyar a sus amigos en el entrenamiento. Rocío y Alto se lanzaron a toda velocidad a recorrer la pista de meteobstáculos. Rocío mantenía el lujoso sombrero en el aire con la magia pluvial, mientras que Alto Flucto le pisaba los talones montado a lomos de la delfín nube, que volaba como un rayo haciendo equilibrios con el huevo en la cabeza.

Rocío se charcoportaba para esquivar todos los meteobstáculos que el equipo contrario iba poniéndole para ARRANCARLE el sombrero que controlaba con meteomagia pluvial: le lanzaban rayos o ráfagas tremendas de aire. Ella era muy RÁPIDA, pero por algún motivo Alto lo era AÚN MÁS. Surcaba el aire con tanta elegancia que costaba no admirarlo.

—¡Uy, uy, uy! El equipo de Alto se ha adelantado —dijo Iris con la esperanza de que Rocío lo alcanzase.

Un meteolandés eólico de cuarto curso que se llamaba Raúl Revuelo sopló en la flauta de viento y mandó a Rocío y al sombrero dando vueltas por la pista de meteobstáculos, donde estuvieron a punto de chocar con la telaraña helada de una araña de las nieves.

—¡VAMOS, ROCÍO! —gritó Iris.

—¡No dejes que te zarandeen!

Rocío agitó la capa y materializó un charco delante de una pared de relámpagos. Ella y el sombrero desaparecieron en el agua y aparecieron al otro lado, sanos y salvos. ¡Seguían en el partido!

Sin embargo, Alto Flucto se aproximaba a la meta de manga de viento que había al final de la pista.

Guiaba a la delfín nube por el laberinto mientras ella hacía malabares perfectos con el huevo entre sus esponjosas aletas.

Pero entonces empezó a ocurrir algo extraño.

—¿Qué pluviómetros pasa? —musitó Iris—. La delfín nube de Alto está desapareciendo.

Alto Flucto agitaba el cayado de nubes con desesperación, intentando recuperar a la delfín nube. Pero no le sirvió de nada. Momentos después, la delfín nube había DESAPARECIDO por completo, y Alto se precipitó junto con el huevo.

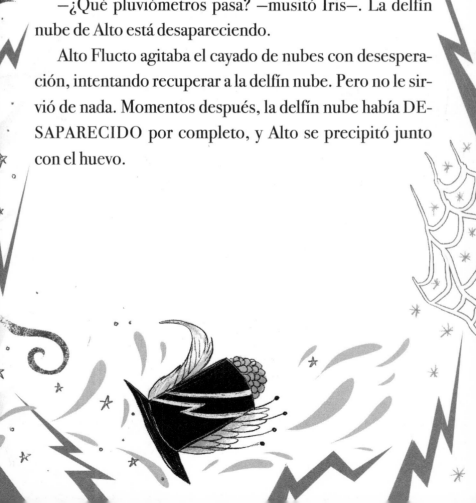

CAPÍTULO 10

POP, POP, POP

Iris tenía que actuar CON URGENCIA. Se apresuró a sacar el bastón arcoíris y apuntó a Alto mientras caía. No podía permitirse ningún error, así que decidió ser fiel al único don arcoíris que sabía hacer MUY BIEN. ¡El don de Arcoíris Tobogán!

Echó el bastón hacia atrás y después hacia delante como si diera una gran pincelada en el cielo. Notó que la magia le palpitaba por todo el cuerpo y un arcoíris inmenso salió de la punta del bastón y atravesó el cielo hacia el chico, que hacía aspavientos en el aire.

Alto se deslizó hasta el suelo por la franja de colores y tomó tierra con suavidad, sano y salvo.

Iris bajó el bastón y el gran tobogán arcoíris se esfumó. Corrió a la pista tan deprisa como pudo acompañada de Nivo y Nim; al mismo tiempo, el resto de los jugadores también se apresuraban hacia Alto, que estaba conmocionado. Por el olor asqueroso que flotaba en el aire, no quedaba NINGUNA duda de que el huevo se había roto al caer y estaba podrido.

—¡Alto! ¿Estás bien? —le preguntó Iris sin aliento.

—Está entero gracias a ti, Iris —dijo Rocío.

Se arrodilló junto al meteolandés de las nubes y le frotó el hombro.

Alto se rascaba la cabeza con cara de muy confundido.

—¿Dónde está Penélope? —preguntó con voz muy ronca—. ¿Está bien? ¿Penélope? —dijo.

Levantó el cayado de nubes y describió un círculo con la punta. Pero no sucedió nada.

—¡La meteomagia! —exclamó—. No... ¡no puedo hacer meteomagia!

—¿Te acuerdas de qué ha pasado? —le preguntó Iris—. Me refiero a justo antes de que Penélope desapareciese.

Alto no escuchaba. Buscaba a su compañera nube con desesperación.

—Que no cunda el pánico —le recomendó Nivo—. Penélope tiene que estar por aquí.

El señor Mistral, maestro de juegos de la Academia Celeste, atravesó la pista dando zancadas y su gran trombón a la espalda centelleando con la luz del Girasol. Era un portento, alguien a quien más valía no molestar.

—¿Qué pasa aquí? —ladró—. Alto, ¡casi ganas! ¿Dónde está Penélope?

—Esa es la cuestión, señor —respondió el chico nube—. No lo sé. Ha desaparecido.

Alto miró a Iris a los ojos. La señaló.

—Tú... tú habrás hecho algo —gritó—. Hoy he leído *La veleta de la mañana*. ¡A las vainas nebulares también les hiciste algo!

—¡Oye! Iris acaba de SALVARTE la vida —dijo Rocío indignada.

—¡Le ha hecho algo a Penélope! —la acusó en voz todavía más alta.

—Sí, ha usado la meteomagia arcoíris —dijo otro alumno del equipo de Alto—. Quería hacernos PERDER el partido.

El señor Mistral le lanzó a Iris una mirada reprobadora.

—¿Has empleado meteomagia para influenciar el partido? —le preguntó.

—¡No! —protestó Iris—. O sea, sí, he usado la meteomagia, pero no para influenciar el partido. Era para salvar a Alto. ¡Estaba a punto de sufrir el mismo destino que ese huevo!

Señaló con la barbilla el revoltijo apestoso que tenían a unos metros de distancia.

Entonces algo le llamó la atención. El sombrero de Nivo estaba en el suelo, junto al huevo aplastado. En el ala se adivinaba un brillo suave. Un trazo que ya conocía.

Iris corrió al sombrero y lo recogió.

—Otra vez el símbolo del ojo —dijo casi sin aliento.

—¿Qué pasa? —preguntó Rocío al alcanzarla.

—Es el ojo que ya he visto varias veces —contestó Iris—. Como el que vi en el tronco del árbol junto a las vainas nebulares y TAMBIÉN en la puerta del aula de segundo...

Rocío frunció el ceño.

—Sigo sin ver de qué hablas.

—No lo entiendo —gritó Iris desesperada—. ¿Por qué no lo ves? ¡Está ahí!

—IRIS GREY —bramó el señor Mistral—. ¿Cómo te atreves a irte corriendo cuando te hablo?

—Lo siento, señor. Acabo de ver un ojo muy raro en el sombrero. Ya lo he visto en otros sitios —explicó Iris, y señaló el ala—. ¡Mire! Resplandece. Pensaba que habría sido un pintagarambainas, pero ya no lo sé... Creo que es algo más importante.

El resto de los alumnos se mofaron y se rieron. Sin embargo, Iris no se dio cuenta. Estaba enfrascada en un remolino de pensamientos.

—Todas las veces que ha desaparecido una criatura nube he visto el ojo —musitó—. ¿Y si hay alguna conexión?

El maestro miró a Iris como si hablase del revés y luego le arrancó el sombrero de las manos. Lo alzó ante los demás estudiantes.

—¿Alguien VE UN OJO brillante?

Los alumnos negaron con la cabeza. Iris no entendía nada. Lo tenían DELANTE DE LAS NARICES, brillando fuerte como el Girasol.

—¡Tú! —ladró el maestro señalando a Nivo—. ¿Ves TÚ el ojo?

Nivo tragó saliva.

—Esto... Creo... creo que si fuerzo mucho la vista, a lo mejor... —tartamudeó.

De la oreja derecha le salieron tres pensacopos grandes. POP, POP, POP. Iris sabía que eso significaba que mentía, pero le agradeció que hiciera el esfuerzo para ayudarla.

—El entreno se ha terminado por hoy, chicos —dijo el señor Mistral.

Escribió una nota en una hoja de papel, la hizo una bola y la lanzó al aire. Después sopló en el trombón y mandó la nota volando en dirección a la escuela.

Cinco minutos más tarde, se formó un charco y de él salió la maestra Mollina. A Iris se le cayó el alma al suelo. Nim le bufó a la maestra y después estalló.

Al cabo de unos segundos, una babosa nube que todos conocían entró despacio en el estadio con la Agente Nefia montada encima. La detective de las nubes guio a Señor Steve con el cayado hasta el suelo y saludó a la muchedumbre inclinando el sombrero.

—He oído lo sucedido —canturreó, y sacó un bolígrafo con una borla en la punta—. No temáis, queridos, ¡YO me encargo!

—¡Agente Nefia! —exclamó Iris aliviada.

Al menos a lo mejor ella la creía.

—Señor Mistral, esta es la agente Nefia, la directora del Ministerio de Ocasiones Climáticas Onerosas —dijo la maestra Mollina.

—MOCO es más corto —añadió la agente Nefia con alegría.

—Investiga el caso de las vainas nebulares vacías y la reciente desaparición de un flamenco nube —explicó la maestra Mollina—. Según la nota de viento, se ha esfumado otra criatura nube, ¿verdad?

—Penélope se ha desvanecido durante el entreno, es la delfín nube de Alto —contestó el señor Mistral muy preocupado por la situación.

—Qué CURIOSO —dijo Nefia, sin dejar de escribir en el cuaderno.

—Ha sido Iris —acusó Alto lloroso—. Me ha hecho meteomagia.

—¡No es verdad! ¡Intentaba salvarte! —repuso Iris, y se volvió hacia la Agente Nefia—. Se caía, por eso he querido ayudarlo.

—Dice la verdad —intervino Nivo—. Yo he estado a su lado todo el tiempo.

—Al parecer, Iris cree que hay un ojo reluciente en este sombrero tan raro —dijo el señor Mistral.

Se lo entregó a la maestra Mollina.

—Eh... El sombrero es mío —añadió Nivo con la mano en alto—. Y no es raro. La abuela Permafrost lo llama *au peculiaire*.

La maestra Mollina estudió el sombrero y frunció el

ceño. Mientras tanto, la agente Nefia escribía a toda velocidad, y Señor Steve flotaba a su lado.

—No sé qué ha hecho —dijo Alto—, pero no puedo usar la meteomagia. Me siento... vacío.

—Por favor, maestra Mollina —rogó Iris—, está pasando algo raro. Si quiere, le dibujo el ojo. Lo veo siempre que desaparece alguna criatura nube.

—Aquí lo único raro que hay es tu meteomagia —musitó la maestra.

Iris se estremeció.

Se dio cuenta de que la agente Nefia le clavaba una mirada oscura a la maestra Mollina.

—Me han dicho que estabas merodeando fuera del aula cuando desapareció el flamenco nube de la alumna de segundo —dijo la subdirectora—. Dices que ese OJO está en todos los sitios donde desaparece una criatura nube. Pero por lo visto TÚ también estás en todos esos lugares, Iris Grey.

A Iris le ardían las mejillas.

Le daba mucha rabia, pero la maestra Mollina tenía razón.

—Yo estaba en esos sitios, pero le digo con honestidad que ¡no he hecho desaparecer las criaturas nube!

La subdirectora entornó los ojos y levantó la barbilla. Entonces, con aires de superioridad, dijo:

—Eso cuéntaselo a tus padres, Iris Grey. Quedas expulsada de la Academia Celeste.

CAPÍTULO 11

¡UNA ESTANTERÍA SECRETA!

EXPULSADA... La palabra le daba vueltas en la cabeza como un remolino nauseabundo.

Hasta la agente Nefia tenía cara de sorpresa.

—¡Recarámbanos escarchados! —gritó.

—¡No puede expulsar a Iris! —exclamó Rocío a voces.

—Rocío Remolino, creo que no estás en situación de discutir con la directora interina —dijo la maestra Mollina—. Según me han dicho, llevas al borde de la expulsión desde el día que empezaste en la Academia Celeste.

Rocío abrió la boca para hablar, pero la maestra levantó la mano.

—Una palabra más y te vas con Iris.

Rocío gruñó.

Iris le apretó la mano a su amiga.

—No te metas en líos por mi culpa —le susurró.

113

—¡Todos a la Academia Celeste ahora mismo! —ordenó la maestra Mollina—. Tú también, Iris Grey. Voy a llamar a tus padres.

A Iris la mandaron a la Biblioteca del Cielo Bajo hasta que acabase la hora de comer. Estaba muy abatida.

—Yo solo quería ayudar —musitó.

Nim se había reformado después de la explosión y también estaba MUY triste. Maulló bajito y le apoyó la cabeza en el brazo mientras Iris escribía distraída en la parte de atrás de la carta de expulsión que debían firmar sus padres.

Iris no se habría imaginado que la expulsarían ni en un ventillón de años. De pequeña, no había ido a la Escuela Primaria de Meteorología como sus amigos porque no tenía magia, sino que había ido a las bibliotecas y a los museos. Así había descubierto los libros de Albaclara DeLight. Y ASÍ había decidido que quería ser exploradora terrestre.

Iris se había emocionado MUCHÍSIMO al enterarse de que iría a la Escuela Secundaria de Meteorología, que era la Academia Celeste. Allí todas las mañanas daban

clases como: Introducción a la Meteorología, Ciencias Terrestres e Historia del Clima, y para eso no hacía falta saber meteomagia. Aunque a Iris leer siempre le costaba un poco más que a los demás, le gustaban mucho los retos y solucionar problemas por muy complicados que fuesen. Y le encantaba pasar todos los días con sus MEJORES amigos.

Por fin había adquirido la meteomagia y durante el segundo año en la academia habría hecho asignaturas y excursiones AÚN MÁS emocionantes. Pero eso ya no iba a poder ser.

—Hola, Iris —dijo una voz amistosa.

El bibliotecario Rafa Ráfagas acercó una silla al tocón de árbol que hacía las veces de escritorio en un rincón de la biblioteca.

—Me han contado lo que ha sucedido.

Iris siguió garabateando para calmarse.

—Cuando no tenía magia, todo era más fácil —dijo entristecida—. No me importa que los demás se extrañen un poco. Lo que me duele es que desconfíen de mí. Yo intento ayudar, pero lo único que hago es fastidiar las cosas.

—Hay personas que tienen miedo a lo que no entienden —le dijo Rafa Ráfagas con afecto.

—Pero yo no doy miedo —dijo Iris, y miró a Rafa.

El bibliotecario soltó una risa.

—Claro. Solo que en Meteolandia no se veía meteomagia arcoíris desde hacía más de mil años. Y tú no has conseguido el poder de UNA meteolandesa arcoíris, sino ¡de todo el clan! Los demás tienen que ser pacientes mientras aprendes.

—El tobogán arcoíris ya me sale bastante bien —contestó Iris con timidez.

—¡Pues sigue así! —dijo Rafa Ráfagas—. Y sin ese tobogán, Alto Flucto habría quedado hecho una tortita de chirimiri.

Le guiñó un ojo, pero entonces le cambió la expresión y se quedó pálido.

—¿Qué...? ¿Qué has dibujado ahí? —preguntó, y con un dedo tembloroso señaló la letra en la que Iris hacía garabatos.

Iris lo miró.

—¿Esto? —dijo contemplando los garabatos de ojos con espirales—. He visto este ojo por todas partes, creo que...

—¡Rompe ese papel! —la interrumpió Rafa Ráfagas susurrando con urgencia.

Parecía aterrorizado.

Iris no entendía nada.

—Pero tengo que dárselo a mis padres —dijo muy confundida.

El bibliotecario negó con la cabeza. Dio un golpecito sobre los garabatos con el dedo.

—Nadie puede ver eso.

—Si no son más que dibujos de ojos... —contestó Iris sin entender nada.

Rafa Ráfagas se levantó. Miró a su alrededor para ver si había más alumnos y le susurró entre dientes:

—Sígueme.

Iris trotó detrás de Rafa Ráfagas mientras él sorteaba el montón de ramas de árbol llenas de libros que formaban la biblioteca, hasta que llegaron a una muy gruesa y de aspecto mugriento. Allí no había libros, sino que estaba cubierta de una especie de musgo con motas negras.

Rafa se llevó el índice a los labios para indicarle a Iris que no hablase. Cogió la corneta de viento y sopló con cuidado: un toque largo seguido de tres cortos. Iris se asombró al ver que el musgo desaparecía, y la rama se volvía hueca. Dentro había una hilera de tomos gruesos.

—¡Una estantería secreta! —dijo Iris casi sin aliento.

Rafa la avisó con la mirada.

—No debes contárselo a nadie. Los alumnos NO PUEDEN leer estos libros. ¿Me lo prometes?

—Te doy mi promesa arcoíris multiplicada por tres —dijo Iris, e hizo un saludo militar.

Se inclinó para ver los lomos mejor.

Rafa sacó uno que se titulaba *El libro de las fuerzas prohibidas*.

—Este volumen está lleno de hechizos meteorológicos prohibidos —explicó—. Si algún meteolandés usa aunque sea solo uno, va DIRECTO a Prisión Precipitatoria sin pasar por el Tribunal de Temperatura.

Iris tragó saliva.

—¡Veletas volantes! ¿Y por qué hay un libro como este en una escuela?

—Porque es el único sitio donde no lo buscarías —respondió Rafa Ráfagas—. Yo soy el guardián de los libros, tanto de los buenos como de los malos, y me han mandado vigilar estos para que no caigan en manos equivocadas. Para usarlos hace falta MUCHO poder.

Pasó unas cuantas hojas y después le dio el libro a Iris. En el centro de la página había una ilustración de un ojo con una espiral. Arriba se leían las palabras:

CAPÍTULO 12

NO HACE FALTA

Iris estudió el texto con atención, pero las letras eran muy pequeñas y enrevesadas, y se le mezclaban las unas con las otras. Nim tocó la página con la zarpa y maulló con desesperación.

—Entonces, Iris, ¿dices que has visto este ojo? —le preguntó Rafa.

—¡IRIS GREY! —se oyó una voz en otra parte de la biblioteca.

Nim estalló. Rafa miró a Iris con los ojos muy abiertos y llenos de miedo. Sin pensárselo dos veces, Iris se metió el libro en la bolsa. Rafa Ráfagas usó meteomagia eólica para sellar de nuevo la estantería secreta. Cuando el musgo reapareció, volvía a parecer una estantería vieja, mugrienta y vacía.

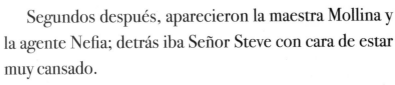

Segundos después, aparecieron la maestra Mollina y la agente Nefia; detrás iba Señor Steve con cara de estar muy cansado.

—No hemos podido hablar con tus padres, así que la agente Nefia te llevará a tu pariente más cercana: la tía Nieblina —dijo muy seria la subdirectora—. ¿Dónde está la carta de expulsión?

—Ah, se la ha comido Nim antes de estallar —mintió Iris mientras arrugaba el papel y se lo escondía en el bolsillo—. Si quiere, podemos esperar a que haga caca.

La maestra Mollina arrugó la nariz.

—No hace falta. Te hago otra. Ven conmigo.

Iris miró desesperada a Rafa, que la contemplaba como queriendo decir: «TODAVÍA TIENES UN LIBRO PROHIBIDO DENTRO DE LA BOLSA». Pero Iris no podía pararse y comentarle a la subdirectora: «Por cierto, maestra Mollina, permítame un momento, que voy a devolver este libro tan peligroso a la estantería secreta que se supone que no sé que existe». Por lo tanto, el libro se iba a casa con Iris.

Nim no se había recompuesto, así que la agente Nefia le dio una serenata a lomos de Señor Steve camino de casa de la tía Nieblina en la Aldea Veleta. En lo que llevaban de trayecto, Iris había oído versiones de ópera de «El viento bajo las faldas» y «Aquí viene la luna».

—Querida, siento mucho que te hayan expulsado —dijo la agente Nefia mientras guiaba a la babosa torpona por el cielo con el cayado curvo—. No debería decirlo, pero la subdirectora es un poco duende niebla.

De pronto, Iris sonreía.

—Me tiene manía desde el primer día —admitió—. Seguro que estaba deseando encontrar motivos para echarme, y al final lo ha conseguido.

—¿Quieres que te cuente un secreto? —preguntó la agente Nefia—. A mí me expulsaron hace mucho.

—¿De verdad? —contestó Iris—. ¿Qué hiciste?

La agente Nefia parecía muy triste.

—Intenté ayudar a un amigo, nada más.

—¡Igual que yo! —exclamó Iris.

La agente Nefia sonrió con melancolía.

—¿Te sientes muy sola al ser la única meteolandesa arcoíris? —le preguntó.

Iris suspiró.

—Un poco —respondió—. Antes no tenía magia... pero ahora que SÍ la tengo, todo es aún más complicado.

—Quizá estar en casa no sea tan malo —dijo la agente

Nefia—. Significa que podrás concentrarte en estudiar la meteomagia arcoíris. Descubrir qué dones especiales tienes almacenados dentro, ¿no? Es una maravilla tener tanta magia intrigante por aprender.

Iris irguió la espalda un poco.

—Tienes razón —respondió decidida—. Voy a demostrar que con mi magia puedo ayudar a encontrar a las nubes bebé. Debo de tener dentro al menos UN don arcoíris que nos sirva.

Alzó el puño al aire y estuvo a punto de resbalar de la babosa nube.

La agente Nefia se rio y sacó el cayado para impedir que Iris cayera.

—¿Qué dones has aprendido ya? —le preguntó.

¡Qué agradable era hablar con alguien que de verdad se interesase por su meteomagia!

—El don de Arcoíris Tobogán lo clavo —dijo, y contó con los dedos—. He probado el de Arcoíris Recupera, pero

hice aparecer un bebé de duende niebla sin querer. El que DE VERDAD me gustaría aprender es el don de Arcoíris Barba.

La agente Nefia soltó una carcajada.

—Pero ¿qué pluviómetros hace ese don?

—Todavía no tengo ni idea —contestó Iris, y encogió los hombros—. Mis amigos y yo hemos revisado TODAS las notas de Arcoíris Barba, pero no hay nada sobre su don en NINGUNA parte.

—Yo ese lo dejaría. Deberías centrarte en dones arcoíris mucho más importantes. —La agente Nefia hablaba con más seriedad—. Sobre todo si quieres demostrar que no eres responsable de la desaparición de las nubes.

La detective de las nubes condujo a Señor Steve hacia la Aldea Veleta y derrapó delante de la casa de la tía Nieblina.

—Gracias por traerme —dijo Iris cuando desmontaba de la babosa nube.

La agente Nefia, con mucha elegancia, hizo girar el cayado entre los dedos como un bastón y se despidió con la otra mano.

—Recuerda: si me necesitas, tienes mi tarjeta —le dijo.

Inclinó el ala de su enorme sombrero antes de echar a volar de nuevo a lomos de Señor Steve, cantando una canción sobre gotas de lluvia rizadas.

Detrás de Iris se oyó un ruidito estridente. Un gato diminuto y muy mullido se formaba en el aire, pero sin cabeza.

—Nim, ¡has vuelto! —dijo Iris—. Mi nube favorita.

Por fin apareció la cabeza de Nim, que maulló con tristeza y después se quedó aplastado, como una alfombra peluda con un par de ojitos negros.

—Ay, Nimoteo, ¿qué te pasa? —Iris le acarició la cara plana con cuidado—. Supongo que tienes miedo porque has oído lo de las criaturas nube que desaparecen. Pero no te preocupes, voy a averiguar lo que está pasando... —Se irguió y puso los brazos en jarra—. Porque yo soy ¡ARCOÍRIS GREY!

Su voz resonó por toda la aldea. Se oyó ruido en la casa que tenía detrás y un crujiiiiiido largo cuando se abrió la puerta.

—Tendría que haberme imaginado que eras tú —gruñó la tía Nieblina—. Conque expulsada, ¿verdad? ¡Qué típico!

Iris dejó caer los brazos a los costados.

—Hola, tía —murmuró—. Tengo que quedarme aquí hasta que papá y mamá vuelvan a casa, si no te importa.

—Sí me importa —respondió su tía—. Le he dicho a tu maestra que, después de haber asustado a mis hijos en la fiesta de vainas nebulares de ayer y TAMBIÉN de haber destruido las posibilidades de que mi querido Nefelículus tenga una criatura nube de compañía, aquí no eres bienvenida. Tendrás que esperar fuera.

Dicho eso, la tía Nieblina le cerró la puerta en las narices. Iris se quedó un momento sin saber qué hacer.

—Pues qué grosera ha sido —dijo al final—. Vamos, Nim. Conozco un sitio donde seguro que nos reciben mejor.

CAPÍTULO 13

LA PARTE MENOS MALA

—¡Iriiiiiiiis! —canturreó Albaclara DeLight al cabo de unos minutos, cuando Iris se deslizó hasta la cueva arcoíris—. ¡Tengo BUENAS NOTICIAS!

Iris se toqueteó el mechón de pelo azul.

—Mis noticias no son tan buenas —contestó.

Albaclara la miró con expresión comprensiva.

—¿Quieres empezar tú?

Iris se sentó con desgana entre dos montones enormes de notas sobre meteomagia arcoíris.

—Pues, no. Mejor empiezas tú, ¿vale?

Sacó la carta arrugada de expulsión y se abrazó a la bolsa donde escondía el libro que era la PEOR noticia.

—Bueno —dijo Albaclara, y se sentó al borde del tocón que había en el centro de la cueva—, estaba leyendo un libro GORDÍSIMO sobre sabiduría popular arcoíris. —Hojeó las páginas del tomo—. Y he descubierto un dato interesante: ¿sabías que no puedes controlar el poder de otro meteolandés arcoíris?

Iris enarcó una ceja.

—Es un dato ÚTIL, pero supongo que da igual porque soy la única meteolandesa arcoíris que existe en la actualidad —repuso.

—Ya, sí, muy cierto —contestó Albaclara, y continuó buscando en las páginas del grueso libro—. ¡Ajá! Aquí está. Era en el capítulo sobre meteomagia arcoíris y el Bosque Barómetro...

Albaclara carraspeó y leyó en voz alta:

La meteomagia arcoíris no tiene la capacidad
de controlar ni alterar ningún tipo de magia que
NO esté conectada con un meteolandés. Por ejemplo,
un meteolandés arcoíris NO PUEDE alterar la flora que
se encuentra en el Bosque Barómetro, incluidas las hojas
relámpago, los mosquivientos de un solo ojo, las vainas
nebulares y las margapolas risueñas. La razón
es que esa magia no está conectada a un meteolandés
o, en el caso de una vaina nebular, TODAVÍA
no está conectada a un meteolandés.

—¡Eso significa que yo no he hecho desaparecer las nubes bebé! —exclamó Iris casi sin aliento, y se irguió.

Se alegró tanto que corrió a abrazarse a Albaclara y por el camino tropezó con una raíz y cayó de cabeza encima de una caja de retumbollos que no habían entrado en erupción.

¡CHOF! ¡CHOF! ¡CHOF! ¡CHOF!

—¡Por las gotas del rocío! ¿Estás bien? —le preguntó Albaclara.

Cuando la ayudó a levantarse, Iris estaba cubierta de sirope. Albaclara se rio.

—Quizá podríamos posponer el abrazo hasta que estés menos pegajosa.

Nim le lamió el jarabe rosa de las mejillas, y Albaclara dio unas palmaditas a su lado para que se sentase.

—Ahora que ya sabemos que tu magia no puede haber afectado a las vainas nebulares, ¿qué te parece si me das la noticia que no es tan buena? —propuso.

—Empiezo con la parte menos mala —dijo Iris—: me han expulsado.

—¿Esa es la MENOS mala? —chilló Albaclara—. Pero ¿por qué?

—Creo que alguien está haciendo magia muy mala —respondió Iris.

Albaclara parpadeó.

—Hace seis meses que no salgo de esta cueva subterránea —dijo—. No tengo NI IDEA de qué está pasando en Meteolandia ni en la Tierra. Y tú acabas de informarme de que te han echado de la escuela y de que hay alguien haciendo magia muy perversa. Perdóname que esté un poquito confundida.

Iris la puso al corriente sobre la agente Nefia, el extraño símbolo del ojo, las criaturas nube desaparecidas y cómo se había torcido el partido de Mangas Ondeantes. Cuando terminó, la meteolandesa solar soltó un silbido largo.

—Bueno —dijo Albaclara—, creo que ahora mismo el premio a la vida más ajetreada lo ganas TÚ.

—¡Y a la más pegajosa! —añadió Iris mientras intentaba por todos los medios quitarse un pegote de sirope de retumbollo del zapato.

Al final, consiguió despegárselo, pero al mismo tiempo le dio un puntapié sin querer a la bolsa de la escuela... y

El libro de las fuerzas prohibidas salió dando vueltas por el suelo.

Albaclara lo contempló.

—Te lo puedo explicar... —empezó a decir Iris.

Pero Albaclara se tapó los ojos con las manos.

—¡NO LO HE VISTO! —exclamó sin respiración— Iris... ¿por qué tienes ese libro MALIGNO?

—Por favor, ¡no le digas a nadie que lo tengo! Me lo he llevado sin querer —explicó Iris, y lo recogió—. Rafa Ráfagas me lo ha enseñado. Creo que contiene información sobre el ojo brillante que veo por todas partes...

—¡PARA! —le espetó Albaclara.

Iris estaba a punto de abrir el libro.

Nunca había visto a Albaclara tan preocupada. Muy despacio, guardó el libro en la bolsa.

—Lo siento —dijo Albaclara más tranquila—. Ese libro NO DEBERÍA estar por ahí. Hay motivos para que los hechizos que contiene estén prohibidos. Son demasiado potentes y demasiado peligrosos. En manos de la persona equivocada, podrían poner en grave peligro la Tierra y el cielo. ¡Ten cuidado!

—Pero ¿y si el ojo que he visto tiene relación con las vainas nebulares vacías y las criaturas nube que desaparecen? —preguntó Iris—. Quizá encuentre la manera de evitarlo. ¡Puedo ayudar!

Sin embargo, Albaclara negó con la cabeza.

—Iris, tú no puedes hacer nada para impedir un hechizo prohibido. Tienes que devolver ese libro adonde lo hayas encontrado. NO TE METAS con ese tipo de magia. Prométeme que lo devolverás.

Iris suspiró.

—Vale.

Por suerte, Albaclara no se dio cuenta de que tenía los dedos cruzados detrás de la espalda.

Era hora de practicar magia.

Iris le echó un vistazo a la lista de antiguos meteolandeses. Aún le costaba creer que poseyera TODOS sus dones arcoíris.

—Bueno, ¿qué has aprendido hasta la fecha? —preguntó Albaclara delante de la larga lista de dones arcoíris que había pegada en las paredes cubiertas de raíces.

—Creo que tengo que practicar el don de recuperar los fenómenos meteorológicos perdidos, para no encontrar cosas que no quiero... El de encogerlos fue fácil, hasta que explotaron las criaturas nube; entonces PENSÉ que rebobinar el tiempo estaría chupado, pero acabé haciendo que las criaturas estallasen sin parar. El único don que parece que sé hacer sin cometer errores es el del tobogán arcoíris.

—Pues hoy probaremos uno nuevo —sugirió Albaclara—. Y volveremos a los otros más adelante.

—De hecho —dijo Iris, y apartó las hojas—, ¿podemos aprender el don de Arcoíris Barba? Tengo muchas ganas de saber para qué sirve.

Se acordó de lo que había dicho Nefia: «Yo ese lo dejaría. Deberías centrarte en dones arcoíris mucho más importantes». Y eso la intrigaba todavía MÁS. Estaba segura de que todos los dones tenían su utilidad. De otro modo, ¿de qué servía tenerlos?

Albaclara hizo una mueca.

—Iris, he buscado información sobre el don de Arcoíris Barba un ventillón y medio de veces, pero de ese tema no hay NADA.

—Eso no se entiende —contestó Iris—. Arcoíris Barba era el profesor de una escuela arcoíris. Esto era la sede. Tiene que haber información sobre su habilidad, ¿no?

Albaclara encogió los hombros.

—Lo siento, chica. Yo tampoco lo entiendo. Créeme, desde que vivo aquí, he removido cielo y tierra. Pero, a decir verdad, ¡un don relacionado con BARBAS no parece muy útil!

—Ya, eso es lo mismo que ha dicho Nefia —refunfuñó Iris—. Pero ¿y si vale para algo? A lo mejor hace que me salga una barba arcoíris. No solo me quedaría GENIAL, sino que sería un disfraz excelente, me haría sentir muy mayor y...

—¡VALE, VALE! Seguiré buscando información.

—Albaclara se rio—. Pero hoy nos estamos quedando sin tiempo para practicar, ¿qué tal si aprendemos ESTE otro?

Le mostró la foto de una meteolandesa arcoíris rodeada de un gran campo de fuerza con forma redonda.

—Arcoíris Burbuja —leyó Iris en voz alta—. El don de Arcoíris Burbuja crea un campo de fuerza colorido e impenetrable que impide que otro tipo de meteomagia la afecte. La meteomagia puede salir de la burbuja, pero ES INCAPAZ de entrar desde fuera.

Iris sonrió de oreja a oreja y le dio un toque a la página.

—¡Quiero aprender a hacer eso!

Si cabía la posibilidad de que Iris tuviese que enfrentarse a magia prohibida y también a REBELDES, una burbuja protectora le iría muy bien. Además, parecía muy muy divertido.

Albaclara leyó las instrucciones.

—Clava el bastón bien fuerte en el suelo. Cuando los colores del arcoíris empiecen a formarse, levanta el bastón con cuidado con las dos manos y hazlo girar en el sentido contrario a las agujas del reloj. Después de hacer un giro completo, vuelve a plantar el bastón en el suelo. El campo de fuerza burbuja debería estar listo. Pero debes concentrarte en mantenerlo. —Miró a Iris—. ¿Quieres intentarlo tú?

Iris asintió con la cabeza y clavó el bastón entre las raíces del suelo. Respiró hondo.

Se le llenó la mente de colores que al cabo de un momento se vertieron desde la punta del bastón. «¡VUELTA!», pensó. Lo levantó e hizo un giro sobre sí misma; estuvo A PUNTO de caerse, pero recuperó el equilibrio justo a tiempo. Cuando colocó el bastón en el suelo, se oyó un ¡POP! descomunal que sobresaltó a Iris, pero entonces vio que estaba dentro de una ENORME burbuja arcoíris.

—¡LO CONSEGUÍ! —vitoreó.

Se oyó otro POP y la burbuja desapareció. Iris torció el gesto.

—Ahora tengo que aprender a mantenerlo...

Cuando Nivo y Rocío llegaron a la cueva, era como si no hubiese pasado el tiempo. Iris estaba con la tercera ronda de burbujas.

—¡Chicos, MIRAD! —gritó Iris—. Es una burbuja de protección. Y creó otra alrededor de sus amigos—. La magia no puede ENTRAR, pero la nuestra sí puede SALIR.

—¡Qué ÚTIL! —dijo Nivo, y desenvolvió un sándwich de pepinillos granizados.

—¡Pongámosla a prueba! —propuso Rocío.

Se apresuró a salir de la burbuja y agitó la capa con todas sus fuerzas. Por desgracia, el chorro de agua atravesó la pared con total facilidad y empapó a Iris, a Nivo y (como siempre) el sándwich.

—Pensaba que habías dicho que la meteomagia no podía ENTRAR —chilló Nivo.

—Supongo que aún no me sale perfecto —dijo Iris con una mueca, y se secó el agua de la cara—. ¡Lo siento! ¿Qué tal el resto del día en la escuela?

—Sin ti no es lo mismo —contestó Nivo entristecido.

—No nos creemos que te hayan expulsado —dijo Rocío—. Siempre he pensado que, si expulsaban a alguien, ¡sería a mí!

—Pero eso no es todo —dijo Nivo—. Han desaparecido más criaturas nube. El ornitorrinco de Tilda Mullido y el erizo del señor Volutus. —Negó con la cabeza—. La maestra Mollina dice que si esto sigue así, habrá que cancelar las clases de meteomagia de nubes.

—¡Veletas volantes! Eso sería realmente horrible —comentó Iris.

—Que las criaturas nube SIGAN desapareciendo cuando tú no estás en la escuela DEMUESTRA que no

tiene nada que ver contigo, Iris —dijo Nivo—. He intentado explicárselo a la maestra Mollina para que te dejase volver, pero ya sabes cómo es. No admite que a lo mejor se ha equivocado.

—Estoy CONVENCIDA de que pasa algo muy raro —añadió Rocío.

—Gracias por creerme, chicos —dijo Iris con sinceridad—. Tenéis razón, creo que algo...

¡ACHÚS!

A Nivo le salió una erupción de bolitas de nieve por la nariz.

¡AAAAAACHÍS!
¡ACHÍS!

—Pero ¡¿qué te pasa?! —le preguntó Rocío.

Nivo se había puesto rojo y tenía los ojos llorosos. De la nariz le colgaba un pequeño carámbano.

—Perdón, creo que me ha dado la alergia. No entiendo

por qué, si solo soy alérgico al polvo de estrella y a las palomas...

Algo pequeño y cubierto de plumas se precipitó a la cueva por el tobogán arcoíris. Iris señaló la criatura con el bastón. Rocío se agarró la capa pluvial y Nivo intentó por todos los medios no volver a estornudar.

Albaclara corrió hacia una paloma de aspecto muy desaliñado.

—¡Cucurrú Lalá! —se extrañó.

CAPÍTULO 14

UNA VISITA INESPERADA

Cucurrú Lalá era amigo de Albaclara cuando ella era una rebelde. Pero le había dicho adiós seis meses antes y desde entonces nadie lo había visto. Albaclara e Iris suponían que se había instalado en alguna parte de la Tierra.

Las plumas negras con motas blancas de Cucurrú Lalá apuntaban en todas las direcciones y el diminuto monóculo se le había agrietado.

—¿Está... muerto? —preguntó Rocío.

Movió la capa con cuidado y le salpicó unas gotitas frías de lluvia. Al parecer, eso surtió efecto. De repente, la paloma cogió mucho aire y abrió los ojos atemorizado.

—Ha... ¡Ha vuelto! —tartamudeó.

Iris y sus amigos se miraron.

—¿Quién ha vuelto? —preguntó Iris.

La paloma tragó saliva.

—Tornadia Tromba.

Iris NO se esperaba esa respuesta. Fue como si le hubiera caído un cubo de agua helada encima. ¿La PEOR rebelde de la historia? ¿La rebelde que mil años antes había usado la esencia sombría para robarles la magia a todos los meteolandeses arcoíris? ¡Era imposible!

Albaclara le hizo una pedorreta a la paloma.

—Desapareces durante seis meses y al volver ¿nos saludas ASÍ? —dijo, y puso los brazos en jarra antes de dirigirse a Iris—. Siempre ha tenido un sentido del humor muy retorcido.

Iris esperaba que la paloma contraatacase con una respuesta ingeniosa, pero no fue así. Se limitó a mirar a Albaclara con cara de póquer.

Era evidente que a Albaclara le sorprendía que la paloma no reaccionase.

—¡Es imposible que Tornadia haya regresado! —soltó de repente—. Tendría más de mil años. Nadie vive tanto. —Miró a Nivo—. ¿Verdad que no?

—Si ha vivido TANTO tiempo, no tendrá muy buen aspecto —opinó él.

—Cucurrú Lalá se habrá dado un porrazo en la cabeza —dijo Rocío.

—¡QUE NO! —chilló la paloma.

Iris se agachó para estar más cerca de Cucurrú Lalá.

—¿Podrías contarnos lo que ha pasado? —le preguntó.

Cucurrú Lalá parpadeó varias veces seguidas y después carraspeó.

—Hace seis meses, cuando me fui de Meteolandia, llegué a la Tierra y me adueñé del mejor castillo de arena que encontré —explicó—. Entonces creí que había visto una estrella fugaz, así que me preparé para pedir un deseo: un castillo de arena de DIEZ TORRES. Pero cayó un rayo y mi castillo precioso se hundió en una enorme grieta en el suelo. Y luego apareció ante mí una persona de aspecto aterrador, con el pelo ondulado, de color blanco y negro.

—¡AJÁ! —lo interrumpió Albaclara—. Tornadia Tromba era una meteolandesa arcoíris. Todos los meteolandeses arcoíris tenían el pelo multicolor, como Iris. Así que no podía ser Tornadia.

—También tenía un ojo violeta y otro azul —dijo Cucurrú Lalá.

—Ah, vale... —repuso Albaclara.

Iris se estremeció. Todos los meteolandeses arcoíris nacían con un ojo violeta y otro azul, incluida Iris. Era un rasgo exclusivo de los meteolandeses arcoíris.

—¡Me metió en un cubo con tapa y me lanzó al mar! —gritó Cucurrú Lalá—. Pasaron los días. Pensé que era PALOMA MUERTA, hasta que unos surferos me encontraron y me llevaron a un santuario de aves. Cuando recuperé las fuerzas, conseguí escaparme de sus garras y he vuelto volando.

Hizo una pausa para respirar hondo.

—Hay que decírselo al Consejo de Meteorólogos ahora mismo.

—Pero ¡NO puede haber sido ella! —insistió Albaclara—. ¿Por qué iba a volver al cabo de mil años? ¿Cómo podría sobrevivir tanto tiempo?

—Da que pensar... —dijo Nivo con las orejas al borde de una erupción de pensacopos—. Pero hay una cuestión más importante: si Tornadia Tromba ha vuelto, ¿dónde está ahora?

Iris tragó saliva.

—¿Y si está aquí, en Meteolandia? —preguntó Rocío.

—Si lo está, lo ha mantenido muy en secreto. —A Iris le iba la cabeza a mil por hora—. Seguro que alguien tan poderosa y vengativa como Tornadia habría irrumpido en Meteolandia y habría armado una tormenta descomunal, ¿no? No lo entiendo...

—A lo mejor prefiere planear bien su vil regreso —sugirió Nivo—. Vísteme despacio, que tengo prisa, ¿no?

Les dedicó una sonrisa amplia que nadie le devolvió.

—A lo mejor si aprendemos más sobre el don de Tornadia Tromba, eso nos ayuda a averiguar si es ella de verdad —sugirió Iris.

Se acercó al tocón del centro de la cueva arcoíris, donde había pilas de notas sobre meteomagia arcoíris. Albaclara había organizado a todos los meteolandeses arcoíris y sus dones en orden alfabético, con etiquetas de colores. Iris repasó las páginas hasta que llegó a la letra T y sacó las hojas sobre Arcoíris Tromba. Así se llamaba Tornadia antes de hacerse rebelde.

Nim tocó el papel con la zarpa y bufó. Iris se preguntó cómo había sido Tornadia antes de decidir ponerse en contra de los demás meteolandeses arcoíris. ¿Tiempo atrás había sido AMABLE? ¿Por qué les había quitado la magia a los meteolandeses arcoíris?

—Arcoíris Tromba tiene la capacidad de retorcer un tipo de fenómeno meteorológico para convertirlo en otro —leyó Iris en voz alta.

A Nivo le salió un chorro de pensacopos de la nariz.

—Ese don es muy potente.

Nim aumentó de tamaño y maulló muy alto. Iris pensó que intentaba decirle algo y deseó con todas sus fuerzas saber qué era.

La aguja de la telebrújula que colgaba de la puerta de la cueva empezó a dar vueltas con frenesí. Iris se acercó y abrió la tapa.

—¿Hola? —contestó.

—Iris, ¿eres tú? —dijo la voz chisporroteante de su madre—. Tienes que volver a casa ahora mismo.

—Vale, vale —respondió Iris—. Mamá tienes que saber una co...

—¡Date prisa! —le ordenó su madre con firmeza, y a continuación colgó.

—¿Crees que tu madre se ha enterado de lo de la expulsión? —preguntó Rocío con el gesto torcido.

—Es probable —contestó Iris muy preocupada—. Venga, será mejor que nos vayamos.

—Buena suerte —se despidió Albaclara—. Si me necesitáis, estoy aquí. Cuidaré de Cucurrú Lalá. Creo que le hace falta que lo reconforten.

Sin embargo, hubo un remolino de plumas y la paloma salió volando por el tobogán arcoíris y desapareció.

—A lo mejor no —suspiró Albaclara.

Iris, Nivo y Rocío salieron por la piedra meteorológica arcoíris.

—¿Estás listo para un vuelo superrápido, Nim? —preguntó Iris.

El gato nube se escondió en la bolsa de los libros.

—¡Por favor, Nim! —exclamó Iris con cierta frustración—. ¿Por qué haces esto?

Rocío ya se había agarrado los bordes de la capa y tenía un charco a sus pies para charcoportarse.

—Venga, chicos —dijo.

Les hizo un gesto a Iris y Nivo para que se acercasen, pero él parecía muy reticente. Les guiñó un ojo.

—Creo que voy a tener que empezar a cobrar por estos charcotaxis.

En cuanto llegaron a casa de Iris, su madre corrió hacia ella; su padre la siguió de inmediato.

—Mamá, papá, puedo explicar lo de la exp... —empezó a decir Iris, pensando que iba a caerle una bronca enorme.

Pero Nubia y Brumo no estaban enfadados. De hecho, estaban increíblemente tristes.

—Papá... —dijo Iris despacio al darse cuenta de lo que pasaba—. ¿Dónde está Waldo?

CAPÍTULO 15

NOTICIAS DE ÚLTIMA HORA

Brumo negó con la cabeza sin decir nada. Nim salió de la bolsa de Iris con la expresión más triste que nunca. De pronto, ella se sintió fatal: se había enfadado con él porque no había querido volar. Se llevó al gato nube al pecho. No podía ni pensar en perderlo.

—Hemos estado toda la tarde en el Consejo de Meteorólogos —dijo Brumo—. No soy el único que ha perdido la criatura nube. Fuera del cuartel general había una cola de más de cien meteolandeses de las nubes que iban por el mismo motivo. ¡Les han desaparecido a todos!

Se recostó en el gran sofá.

—Sírvete un poco de *crumble* de estela de condensación —dijo, y con cara de desgana señaló las cinco bandejas del postre grumoso que había sobre la mesa del centro del salón—. Necesitaba distraerme y he estado cocinando.

A Iris le dolió ver a su padre así. Ojalá tuviera la respuesta para devolverle a Waldo. Para que todos los meteolandeses de las nubes se reuniesen con sus criaturas nube. ¿Por qué desaparecían todas? ¿ADÓNDE habían ido?

Nim flotó hasta el *crumble* de estela, metió la cabeza en la bandeja y se lo zampó a bocados enormes. Iris se alegró de verlo comportarse más como sí mismo.

Aunque el *crumble* desprendía un olor maravilloso, Iris no tenía hambre. Además, ese postre daba unos gases atroces y hacía que te tirases pedos como las estelas de los aviones, pero de color rosa. Iris ya tenía la tripa hecha un nudo con todas las noticias sobre desapariciones. Y con el posible regreso de Tornadia Tromba.

Estaba a punto de contarles a sus padres la noticia que les había dado Cucurrú Lalá sobre Tornadia cuando la neblivisión del rincón vibró muy alto y bramó:

¡UNA PALOMA CONFIRMA EL REGRESO
DE UNA ANTIGUA REBELDE!

—Pero ¿qué pluviómetros? —gritó Nubia, y subió el volumen.

En la pantalla apareció un reportero bien vestido junto a un vídeo que se repetía en bucle.

Era Cucurrú Lalá con esposas, detenido por dos guerreros del clima.

Hace unos minutos, una problemática
paloma llamada Cucurrú Lalá ha irrumpido
en la sede del Consejo de Meteorólogos.
Según la paloma, ha vuelto Tornadia Tromba:
una antigua rebelde de hace más
de mil años.

—¡Qué ridiculez! —soltó Brumo.

—Esa paloma no es de fiar. ¡Una vez intentó secuestrarme! —exclamó Nubia con el ceño fruncido.

—Pero ¿y si es VERDAD que Tornadia ha vuelto? —preguntó Iris en voz baja.

—Iris, no son más que sandeces —respondió Nubia con cara de enfadada.

El reportero meteorológico prosiguió:

*Cucurrú Lalá se encuentra bajo custodia
y será acusado de entrada ilegal, acoso y mentiras
al Consejo, por no hablar de que hace seis meses
participó en el intento por parte de Albaclara
DeLight de destruir el bosque más viejo
del mundo, por lo que no ha
sido juzgado.*

*Cambiando de tema, las precipitaciones
que caen sobre Inglaterra causan cada vez
más consternación. Los guerreros del clima
no han localizado al rebelde responsable
de los chubascos torrenciales, pero creen
que podría estar en Cornualles.*

—A esa paloma habría que encerrarla para siempre —dijo Nubia muy seria.

Brumo le dio la razón.

Sin embargo, Iris no podía olvidar las palabras de Cucurrú Lalá: «Ha vuelto». ¿Qué pasaba si había contado la VERDAD?

La neblivisión vibró de nuevo.

¡NOTICIAS DE ÚLTIMA HORA!
Acaban de informarnos de que Valianté,
la criatura nube de Voluta Espumante, jefa
del Consejo de Meteorólogos, NO ESTÁ.
Casi todas las criaturas nube de
Meteolandia han DESAPARECIDO.
Debemos encontrarlas pronto para evitar
que haya grandes problemas en
Meteolandia y en la Tierra.

—¿A qué se refiere con GRANDES problemas? —preguntó Rocío.

—Si las criaturas nube pierden la conexión con sus meteolandeses durante demasiado tiempo, se esfuman —contestó Brumo con un tono de voz triste y apagado, que denotaba preocupación.

—Y si las criaturas nube desaparecen, eso significa que no habrá meteomagia de nubes —añadió Nivo—. Las nubes mantienen la Tierra a una temperatura agradable durante el día y aguantan el calor de noche. Y para que la meteomagia pluvial funcione, necesitamos nubes en el cielo. Aunque no nos demos cuenta, estamos TODOS conectados. Todos los tipos de meteorología afectan a los demás. Todos los meteolandeses nos necesitamos, todos los humanos necesitan a los meteolandeses, la Tierra necesita el agua. Sin meteorología... no habrá Tierra.

El ambiente estaba cargado de preocupación y TAMBIÉN del ruido que hacía Nim comiéndose la cuarta bandeja de *crumble* de estela.

ÑIIIIIIIIIIIIIC

De pronto, Iris se deslizó hacia un costado, junto con todos y TODO lo que había en el salón.

—¿QUÉ PLUVIÓMETROS ESTÁ PASANDO? —gritó Nubia, y se agarró al alféizar de la ventana.

Iris cayó en la balda de una librería.

Era como si la casa entera se hubiera inclinado hacia un lado.

Consiguió arrastrarse hasta la ventana y se asomó a mirar.

Se había acostumbrado a que el tul plateado de la casa se rompiera de vez en cuando, pero por una vez ese no era el problema: la nube de la que colgaba la casa estaba a punto de DESHACERSE.

—¡La meteomagia de las nubes está desapareciendo! —dijo sin aliento—. Si no salvamos a las criaturas nube, ¡nos caeremos del cielo!

—Peor aún —gritó Nivo desde debajo de la alfombra que le había caído encima—. Todo nuestro MUNDO se mantiene a flote con meteomagia de las nubes. El Barrio Nubenimbo, la Ciudad de Celestia... Meteolandia ENTERA. Si la meteomagia de las nubes deja de existir, todo se destruirá. Meteolandia y la meteorología tal como la conocemos dejarán de existir.

—¿Qué hacemos? —voceó Brumo.

La pregunta quedó sin responder, ya que el resto de la nube se desvaneció...

Y la casa se precipitó hacia la Tierra.

CAPÍTULO 16

NO ERA PARA TANTO

—Si os agarráis a mí, ¡quizá pueda charcoportarnos a todos a un sitio seguro! —gritó Rocío antes de que le salpicase una bandeja de *crumble* de estela que volaba por los aires.

Iris sujetaba el bastón con una mano y a su madre con la otra. Intentó pensar en un don arcoíris que sirviera para evitar que su familia y sus amigos se convirtiesen en tortitas de chirimiri, pero le iba el cerebro a toda velocidad y al mismo tiempo se había quedado en blanco.

—¡Iris! ¿Lo estás haciendo tú? —gritó su padre.

Iris parpadeó.

—¿Cómo?

Ya no caían, sino que flotaban por el aire. La casa se enderezó. Iris vio algo grande y mullido por la ventana, algo que estaba debajo de ellos.

—¡MIAAAUUUUUU!

—¡NIM! —gritó Iris, y se le llenó el pecho de auténtica dicha—. ¡Nos ha salvado Nim!

El enorme gato nube llevaba la casa redonda sobre su cuerpo inmenso, volando por el cielo azul de regreso hacia Meteolandia. O lo que QUEDABA de Meteolandia. La Ciudad de Celestia se parecía más a un puzle incompleto que a una ciudad, puesto que le faltaban trozos enormes. Las Montañas Ventisca se derrumbaban, y el Valle Ventoso se había dividido en dos.

Meteolandia se venía abajo a medida que desaparecía la meteomagia de las nubes.

Nim llevó la casa hasta el borde de la ciudad, aterrizó con suavidad y solo entonces recuperó el tamaño normal de gato.

—¡Ay, muchas gracias, Nim! —dijo Iris, y enterró la cara en su cuerpo esponjoso—. Eres el mejor.

Nubia abrazó a Iris, a Nivo y a Rocío.

—Chicos, no quiero que salgáis de la casa. No es seguro —les dijo—. Vamos a llamar a nuestros familiares y amigos para asegurarnos de que están a salvo. Nivo, avisaremos a la abuela Permafrost de que estás aquí para que no se preocupe Rocío, les diré a los del orfanato Torre Gotera que estás a salvo.

Iris avistó la bolsa de la escuela al otro lado del salón, entre las plantas estropeadas y los adornos rotos y los restos del *crumble* casero de estela de su padre, que Nim se comía contento.

De la bolsa sobresalía *El libro de las fuerzas prohibidas*.

Iris la agarró con fuerza y les hizo una señal a sus amigos.

—Seguidme —les susurró.

Los hizo subir a su dormitorio (que estaba más desordenado de lo habitual), cerró la puerta bien cerrada y corrió las cortinas para que no los viera nadie.

Se sentó en el suelo y dejó la bolsa a un lado.

—Bueno —dijo—. Tenéis que prometerme que no le contaréis A NADIE lo que os voy a enseñar.

—Iris, no me gusta cómo empieza esto —dijo Nivo—. Me estás asustando.

—A MÍ SÍ —sonrió Rocío, y se frotó las manos.

Iris sacó *El libro de las fuerzas prohibidas*.

—¿Un libro? —dijo Rocío decepcionada—. No era para tanto.

Sin embargo, Nivo retrocedió.

—Ese no es un libro cualquiera —tartamudeó—. ¿De dónde lo has sacado, Iris? Está PROHIBIDO.

—De repente me interesa MUCHO MÁS —dijo Rocío, y se echó adelante para verlo mejor.

Entonces cogió el libro, que era grueso y estaba encuadernado en cuero.

—Las cosas prohibidas siempre son más divertidas.

—¡Chist! —le soltó Nivo.

Le arrebató el libro y lo guardó en la bolsa de Iris.

—Escuchadme bien. La abuela Permafrost me contó que este libro está LLENO de hechizos muy poderosos: demasiado poderosos para los meteolandeses. Y por eso están PROHIBIDOS. Si pillan a alguien usando los hechizos o incluso leyéndolos, ¡lo mandan directo a Prisión Precipitatoria!

Rocío se apartó un poco.

—Oye, Iris, ya te han expulsado. No pensarás hacerte rebelde, ¿verdad? Vamos, que entiendo que hayas tenido un mal día, pero eso sería exagerar un poco, ¿no crees?

—No te preocupes, no pienso usar el libro —dijo Iris—. Solo quiero información sobre uno de los hechizos. —Pasó las páginas—. No paro de ver un símbolo en forma de ojo. Primero lo vi en un árbol junto a las vainas nebulares, después en la puerta del aula de segundo y luego en el sombre-

ro en el estadio... En todos esos sitios han desaparecido criaturas nube.

—Iris, yo te creo —dijo Rocío—, pero no vi nada en la puerta del aula.

—Ni yo en el sombrero —añadió Nivo.

—Os prometo que estaba ahí —dijo Iris.

Por fin encontró la página con el ojo en espiral.

—Nivo, ¿me lees el significado del hechizo? La cabeza me va demasiado rápido para concentrarme.

Nivo vaciló, pero cogió el libro y leyó:

El ojo de la tormenta es un hechizo muy potente. Cuando se abre un ojo, o varios,

el hechicero responsable puede usar
su meteomagia desde cualquier lugar
donde se halle uno de esos ojos.
Da igual dónde esté quien haya llevado
a cabo el hechizo, porque puede canalizar
la meteomagia a través de cualquiera de
los ojos abiertos. Los ojos solo los pueden
ver aquellos con el mismo tipo de meteomagia
que quien los ha abierto.

Iris cogió aire de golpe.

—¿Os dais cuenta? ojos solo los pueden ver aquellos con el mismo tipo de meteomagia que quien los ha abierto —repitió—. Eso explica que vosotros no los veáis, chicos. Los ojos no los ha creado un meteolandés pluvial o nival.

Sus amigos se quedaron callados.

—¿Te das cuenta tú de lo que significa eso, Iris? —dijo Nivo al final, y tragó saliva—. Eres la única que los ve.

—Significa que quien ha usado el hechizo tiene que ser un meteolandés arcoíris... —dijo Iris en voz baja.

—Pero tú eres la ÚNICA meteolandesa arcoíris —dijo

Rocío con una expresión interesada que pronto se volvió temor—. ¿Verdad que sí?

—A lo mejor Cucurrú Lalá dice la VERDAD —intervino Nivo—. Y eso significa que la persona que ha hecho esto es...

—¡Tornadia Tromba! —entonaron los tres amigos a coro.

CAPÍTULO 17

ALGO NO MARCHA

—Chicos... ¿creéis que Tornadia podría ser la que hace desaparecer las criaturas nube? —preguntó Iris sin aliento—. ¡Eso solo lo haría alguien tan malvado como ella!

A Nivo le salieron torrentes de pensacopos de las orejas.

—Eso tendría sentido —dijo—. El hechizo del ojo de la tormenta explica que sea capaz de hacer desaparecer criaturas desde CUALQUIER parte de Meteolandia: «El hechicero responsable puede usar su meteomagia desde cualquier lugar donde se halle uno de esos ojos».

—Si eso es verdad, tenemos MUY PERO QUE MUY malas noticias —respondió Iris nerviosa—. ¿Qué vamos a hacer?

—¿Cómo se anula el hechizo? —preguntó Rocío

Nivo cogió el libro y leyó en voz alta:

Solo la magia de todo un clan de meteolandeses
puede romper el hechizo. Primero hay que encontrar
la fuente: el principal ojo de la tormenta,
el origen del hechizo. El ojo solo se puede cerrar
usando el mismo tipo de meteomagia que lo abrió.
Una vez se haya localizado la fuente, recita
estas palabras:

DE NOCHE Y DE DÍA, SIEMPRE DESPIERTO,
PARA QUE EL HECHIZO DURE,
EL OJO ESTARÁ ABIERTO.
SOLO TODOS JUNTOS PUEDEN INTENTAR
ROMPER EL HECHIZO PARA EL OJO CERRAR.

—Un momento, ¿necesitamos todo un clan de meteolandeses arcoíris para anular el hechizo? —dijo Rocío—. Porque ¡no hay todo un clan! ¿Podría Iris hacerlo sola?

—Tienes razón, Rocío —dijo Nivo.

Iris guardó silencio un momento: la cabeza no le daba vueltas, sino volteretas.

—Chicos... Dentro llevo la magia DE TODO un clan —dijo despacio—. A lo mejor con eso se puede romper el hechizo. Tenemos que encontrar la fuente, para intentarlo.

Nivo frunció el ceño.

—No sé, Iris... Está claro que para cerrar el ojo hace falta MUCHO poder. Tu magia no tiene la fuerza suficiente. Recuerda que no nos enfrentamos a CUALQUIER tipo de magia. Es magia prohibida. ¿Qué pasaría sí...? —dijo, y bajó la mirada—. ¿Qué pasa si es demasiado para ti?

Iris pensaba a mil por hora.

—Pero ¿y si es la única esperanza de salvar la meteomagia de las nubes? —dijo con tristeza—. Como mínimo tengo que intentarlo, ¿no?

Los amigos se quedaron en silencio.

—Estoy segura de que tiene que haber otra manera —afirmó Rocío al final.

Hojeó *El libro de las fuerzas prohibidas* con mucho cuidado.

Iris se recostó abatida en la cama.

Se le escapó algo del bolsillo del chaleco: era la tarjeta de la agente Nefia.

—¡MOCO! —soltó Iris de golpe.

—Vale, nuestra amiga ha perdido los papeles —afirmó Rocío.

—No. MOCO, ¡la agente Nefia! Si alguien puede ayudarnos, tiene que ser ella —contestó Iris, que había recuperado la esperanza.

Recogió la bolsa y *El libro de las fuerzas prohibidas*. Los tres corrieron abajo, donde Nubia y Brumo seguían hablando con sus amigos y familiares.

—¡Mamá, papá! Volvemos enseguida —les dijo Iris sin dar más explicaciones.

—¡No! —espetó Nubia—. No debes salir, no es seguro. Chicos, volved arriba, por favor.

Iris suspiró. Nim CONTINUABA ocupado lamiendo hasta la última miga de *crumble* de estela que había por el suelo y las paredes.

—Nim, tenemos que irnos —le susurró al felino esponjoso y hambriento. Ya has comido suficiente. Vas a tirarte pedos con estelas rosa durante DÍAS.

Iris intentó cogerlo en brazos, pero el gato nube le bufó muy alto y siguió comiendo.

—¿Qué tripa se le ha roto? —preguntó Rocío con cara de sorpresa.

—Últimamente Nim se comporta de forma MUY rara —dijo Iris—. Debe de tener algo que ver con las desapariciones.

Al final, Nim paró de comer y flotó hasta Iris. Ella lo acunó en los brazos y corrió arriba con los demás.

—¿Qué hacemos ahora? —preguntó Nivo ya en el dormitorio de Iris.

—Nos escapamos —dijo Iris, sin más.

Sacó la tarjeta de MOCO de la agente Nefia y estudió las coordenadas antes de comprobarlas en el mapa de Meteolandia que tenía pegado a la pared.

—No está muy lejos —dijo—. Solo hay que ir al otro lado de la ciudad.

Iris se sorprendió al ver que Nim adquiría el tamaño de una cama, listo para volar. Saltó sobre él y se volvió hacia Nivo y Rocío.

—¿Venís? —les preguntó.

Rocío se subió al lomo de Nim.

—Me encanta el peligro.

—Iriiiiiiis, salir por ahí no es seguro —protestó Nivo.

—¿Desde cuándo nos importa la seguridad? —dijo Iris, y le guiñó un ojo.

—Vaaale —se quejó Nivo—. Supongo que no hacer caso de las normas no cuenta si se acaba el meteomundo tal como lo conocemos.

Una vez Nivo y Rocío se acomodaron a lomos del esponjoso Nim, Iris guio al gato nube para que saliese despacio y sin hacer ruido por la ventana del dormitorio. Tenían que hacer algo.

—¡A volar!

Iris no daba crédito a lo que veía: su hogar desaparecía pedazo a pedazo ante sus ojos.

En el Bosque Barómetro a los árboles les faltaban trozos que dejaban agujeros enormes en el paisaje. Más allá de la Ciudadela Solar y de la Academia Celeste, una porción inmensa de nube se soltaba del borde de Meteolandia y empezaba a disolverse hasta desaparecer.

Iris hizo que Nim acelerase hacia los confines de la Ciudad de Celestia que, por suerte, seguía intacta. Vio que a Nim le salía una estela de color rosa del trasero: el *crumble* de estela empezaba a hacer efecto.

—Al menos así no te perderé, Nim —dijo Iris aliviada.

Con toda la meteomagia de las nubes que se desvanecía a su alrededor, Iris no tenía ni idea de cuánto tiempo le quedaba al mullido gato nube. Meneó la cabeza para no pensar en la terrible posibilidad de perderlo. Debía concentrarse. Con la ayuda de la agente Nefia tendrían la posibilidad de ponerle fin a lo que ocurría y salvarlos a todos. Al fin y al cabo ¡era experta en nubes!

A lo lejos se entrevieron unos cuantos molinos de viento, los más grandes de la cima de una montaña nubosa. Iris comprobó las coordenadas de la tarjeta en la brújula y señaló el molino más grande.

—Creo que es ahí —dijo.

Nim hizo un aterrizaje suave en la ladera. Iris se dio cuenta de que el gato parecía triste. Quizá hubiese comido demasiado y estuviera a punto de reventar.

—Pensaba que este molino estaba en desuso —dijo Nivo.

—El Ministerio de Ocasiones Climáticas Onerosas es una organización secreta que se ocupa de cosas secretas —explicó Iris—. A lo mejor la sede es temporal.

Los tres amigos se acercaron despacio al molino. Nim los seguía de cerca, ya con su tamaño normal de gato. En esa zona de la ciudad no había casas. A menudo, los meteolandeses eólicos de la Academia Celeste usaban los molinos más pequeños para hacer prácticas, pero aparte de eso la zona estaba desierta.

Se oyó un crujido largo y repentino. Uno de los molinos pequeños empezó a ladearse a medida que la tierra desaparecía a sus pies. Los tres amigos gritaron.

—¡Nos vamos a quedar sin tiempo... y sin TIERRA! —exclamó Iris mientras corría hacia la puerta del grande—. ¡Rápido!

Llamó a la puerta con urgencia.

—Que esté aquí, por favor. Que esté aquí —murmuró.

La puerta se abrió. Iris soltó un suspiro de alivio. La

agente Nefia salió y la luz de mil farolillos de girasol dibujaron su silueta desde atrás.

—¡QUERIDOS! —dijo la agente con cara de sorpresa.

Tenía el cayado de nubes apoyado junto a la puerta, pero no se veía la enorme babosa nube por ninguna parte. Iris se dio cuenta de algo horrible.

—¡Señor Steve! —exclamó sin aliento—. ¿Está...?

—Ha desaparecido, ya no está, se ha esfumado —dijo Nefia con tristeza, y negó con la cabeza—. Ni siquiera pude despedirme con un abrazo.

—Agente Nefia, tenemos que contarte algo REALMENTE importante. ¡Es información que podría ayudar a resolver el misterio de las criaturas nube y a encontrar a Señor Steve! —exclamó Iris.

—¿De verdad? Entrad y contádmelo TODO —dijo la agente.

—Agente Nefia, Meteolandia se hunde. No podemos quedarnos aquí dentro —dijo Iris.

Pero la agente ya había entrado en el molino. Iris y los demás la siguieron. El interior era mucho más grande de lo que parecía por fuera. En el centro de la habitación había una mesa redonda de madera con sillas y las paredes estaban decoradas con diminutos faroles cente-

lleantes de girasoles y MUCHOS sombreros muy sofisticados.

La agente Nefia les señaló la mesa.

—Voy a por algo de beber. ¡Debéis de estar sedientos!

—Creo que no hay tiempo para tomar nada —empezó a decir Iris.

Pero la agente ya había salido de la sala.

—¿Crees que a la agente Nefia le importará que nos probemos algún sombrero? —preguntó Rocío—. Si vamos a desplomarnos por los aires, mejor hacerlo con estilo.

Cogió el sombrero que tenía más cerca. De ambos lados surgía una enorme escultura de plumas que parecía un bigote DESCOMUNAL. Iris se lo puso. Le desapareció la cabeza por completo.

—¡Rocío! —se quejó Iris con impaciencia—. No es momento para divertirse. Tenemos que contarle a la agente Nefia lo de Tornadia y SALIR de aquí antes de que esto se hunda.

Nivo fruncía el ceño. Le tendió la mano a Rocío.

—Dame el sombrero —le dijo.

—¡Cógete tú uno! —contestó Rocío enfadada.

Nivo se lo arrancó de la cabeza.

—Lo sabía —dijo—. ¡Mirad!

Iris y Rocío contemplaron las dos letras centelleantes que había en el ala: «C. P.»

—Esto significa Celis Permafrost —dijo Nivo sin aliento—. Es mi abuela. SIEMPRE pone las iniciales en los sombreros que le hace al Gran Muñeco de Nieve.

Cogió otro sombrero de la pared y se fijó en el ala.

—Helanora Permafrost. Es mi bisabuela. Este sombrero lo hizo ella.

Nivo miró por toda la pared.

—¿Por qué tiene la agente Nefia todos los sombreros que la familia Permafrost le ha ofrecido al Gran Muñeco de Nieve?

Fue como si a Iris le cayese un gran bloque de hielo en el estómago. Le flaquearon las rodillas.

—¿Os acordáis de que Albaclara dijo que nadie podía vivir mil años? —les preguntó Iris con un hilo de voz—. Nivo, ¿desde cuándo decías que existe el Gran Muñeco de Nieve?

—Pues unos mil años —contestó Nivo casi sin voz.

—¿No os parece una gran coincidencia? —preguntó Iris—. Cucurrú Lalá afirma que Tornadia ha regresado al cabo de mil años, y el Gran Muñeco de Nieve se derrite como por obra de un milagro... después de mil años.

Nim soltó un maullido triste. Iris lo abrazó fuerte y tragó saliva.

—Chicos, ¿y si...? ¿Y si Tornadia Tromba ERA el Gran Muñeco de Nieve? ¿Y si ha estado CONGELADA durante mil años?

—Pero si Tornadia era el Gran Muñeco ¿por qué tiene la agente Nefia todos los sombreros de la familia Permafrost? —preguntó Rocío.

Iris sintió que se le caía el alma a los pies.

—Creo que la agente Nefia no es quien pensamos. Hay que salir de aquí. AHORA MISMO.

Nim maulló de nuevo. Iris le acarició la cabeza.

—Tranquilo, Nim —le dijo—, no permitiré que te pase nada.

—Puedo charcoportarnos a otra parte —ofreció Rocío.

Los tres amigos se cogieron de la mano. Rocío agitó la capa. Pero no pasó nada. Hizo unas cuantas sentadillas seguidas de una pirueta y la agitó DE NUEVO. Pero no apareció ni una gota de lluvia.

—No... no puedo hacer magia —dijo Rocío con voz temblorosa—. ¡No me había pasado NUNCA!

Nivo levantó una mano enguantada para dibujar un copo de nieve en el aire. Pero era como si tuviera un bicho invisible volando delante de las narices y lo siguiera con el dedo. Tragó saliva y miró a Iris.

Ay, no...

Aunque los meteolandeses arcoíris podían controlar la meteomagia de los demás, no podían controlar la magia de otro meteolandés arcoíris. Todo dependía de Iris. Se sacó el bastón del chaleco.

Pero Nim maulló alarmado y, de pronto, flotaba hacia atrás en contra de su voluntad, hacia una puerta oscura.

—Yo de ti no haría ninguna estupidez, querida.

La agente Nefia apareció sonriendo amenazante. Se quitó el abrigo largo y el sombrero sofisticado. Después se deshizo de los tres pares de gafas con lentes de color y se le vio un ojo morado y otro azul.

Iris pensó que el mundo se había detenido. Tragó saliva y habló en voz baja:

—Tornadia Tromba...

CAPÍTULO 18

NO ME DOY POR VENCIDA

Tornadia aplaudió despacio.

—¡Qué listos sois, QUERIDOS! —dijo—. Quién lo habría pensado, ¿verdad? Los meteolandeses nivales llevan TODOS estos años dándole las GRACIAS a Tornadia Tromba. ¡Menudo giro argumental!

Dio una carcajada ensordecedora y demente que resonó por todo el molino.

—¡Retiramos las gracias que te habíamos dado! —chilló Nivo.

Rocío agitó la capa otra vez, pero no pasó nada.

—¡DEVUÉLVENOS LA MAGIA! —le gritó.

Tornadia enarcó una ceja.

—Calla la boca, querida, que te va a dar una trombosis. —Se rio de nuevo—. ¡JA! Trombosis, Tromba... ¿lo pilláis?

A Iris le latía el corazón a velocidad supersónica. Sa-

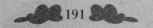

bía que no podía controlar la magia de Tornadia: era un hecho básico sobre la meteomagia arcoíris. Pero la sabiduría popular no decía nada de no poder usar un don. Iris se devanaba los sesos. TENÍA que haber alguno que Iris pudiera usar contra Tornadia. Algo... ¡cualquier cosa! Sin embargo, lo cierto era que Iris no había perfeccionado ni un solo don. Nim flotaba junto a Tornadia y maullaba con desdicha. Tornadia lo controlaba, igual que controlaba la magia de Rocío y la magia de Nivo con el don de convertirlas en el fenómeno meteorológico que ella quisiera. Si Iris actuaba con SUPERVELOCIDAD quizá pudiera crear un tobogán arcoíris y sacarlos del molino. Agarró el bastón con un poco más de fuerza.

—No hagas tonterías, Iris —le dijo Tornadia como si le hubiera leído la mente—. No querrás que le pase nada a tu querido gato nube, ¿verdad?

Iris aflojó la mano. Le dolía el corazón solo de ver al pobre Nim, que aún flotaba junto al hombro de Tornadia con una expresión muy triste en el rostro nuboso.

—¿A quién le apetece charlar un poquito? —dijo Tornadia con tono cantarín.

Los tres amigos guardaron silencio.

—He dicho que A QUIÉN LE APETECE CHARLAR UN POQUITO —rugió Tornadia, y las puntas de los dedos le chisporrotearon.

Nivo carraspeó.

—No tenemos tiempo de charlar. Por si no te habías dado cuenta, Meteolandia se hunde.

Tornadia ladeó la cabeza y después estiró el brazo. Iris notó que una corriente de aire tiraba de ella hacia la mesa y la sentaba en una silla.

—¡Podrías habernos PEDIDO que nos sentásemos! —gruñó Rocío mientras también la arrastraba a una silla.

—Contadme —dijo Tornadia, y se sentó a la mesa con la barbilla apoyada en ambas manos—. ¿Es verdad que en la escuela me dedican una lección entera A MÍ?

—Sí —contestó Iris con brusquedad—. Pero no es nuestra clase favorita.

Tornadia se llevó la mano al pecho fingiendo que estaba ofendida.

—Querida, eso que has dicho no es muy agradable.

—Y robar las criaturas nube ¡TAMPOCO es muy agradable! —dijo Iris—. ¿Dónde están?

Tornadia enarcó una ceja.

—Desagües rebosantes... ¿Qué te hace pensar que soy yo la que se ha llevado esas pobres criaturas mullidas?

—Que he visto los OJOS de la magia prohibida en todos los lugares donde han desaparecido criaturas —explicó Iris.

Tornadia se levantó y dio vueltas por la sala. Nim la seguía sin poder evitarlo.

—Por favor, suelta a Nim —le suplicó Iris.

—No —contestó Tornadia como si nada—. Me gusta este gato. Además, hacerlo cambiar de forma cuando me apetece es superdivertido.

Apretó el puño y Nim se convirtió poco a poco en una babosa nube.

Iris cogió aire de golpe.

—¡Señor Steve!

De pronto, todo encajaba: Nim SIEMPRE estallaba cuando aparecía Nefia (o Tornadia). La malvada rebelde había usado su magia para cambiarle la forma a Nim y que PARECIESE que tenía su propia criatura nube.

—¡Devuélvele su forma! —gritó Iris, y se levantó de un salto.

—Tranquila, ¿te aprietan los calcetines de rayas o qué?

Esto es un poco de DIVERSIÓN, nada más. ¿Sabes lo que es la diversión? —preguntó Tornadia y se rio.

Hizo un gesto con la mano y Nim volvió a su forma.

—Siempre das por sentado lo peor de mí.

—¡Porque eres LO PEOR! —gritó Rocío—. ¡Hace mil años eliminaste TODA la meteomagia arcoíris y creaste una tormenta que duró cien años!

Tornadia entornó los ojos.

—¿TODAVÍA se quejan de eso? Pensaba que a estas alturas lo habrían superado.

Hizo una pirueta que le creó un pequeño remolino de aire alrededor de los tobillos con el que flotó por el salón.

—Antes yo me parecía mucho a ti, Iris —dijo como si tal cosa.

—¡No nos parecemos en nada! —le espetó Iris.

—¡ESO! Iris no tiene el pelo blanco y negro —añadió Rocío.

—El pelo multicolor está pasado de moda desde hace diez siglos —dijo Tornadia—. Hacer tus pinitos con la magia prohibida tiene algún efecto secundario. Pero a mí me gusta.

Se atusó la melena ondulada y monocromática.

Iris trató de adoptar una postura poderosa.

—Le hablaremos al Consejo de Meteorólogos sobre ti, y te arrepentirás de haber vuelto a Meteolandia.

Tornadia prorrumpió en carcajadas.

—No vais a hablarle de NADA a nadie, querida.

Alzó la mano izquierda con los dedos abiertos y poco a poco apretó el puño. Nim empezó a desaparecer.

—¡BASTA! —chilló Iris.

Sin embargo, Nim había desaparecido. Iris sintió que su mundo se detenía de golpe.

—A tu querido Nim no le pasará nada, igual que a las demás criaturas nube. Siempre y cuando tú no hagas ninguna tontería —dijo Tornadia, y le brilló un destello de os-

curidad en el ojo morado y el ojo azul—. Ahora vuelve a sentarte para que podamos hablar como meteolandeses civilizados, ¿vale?

Tornadia se sentó con elegancia al borde de la silla, entrelazó los dedos y, con cuidado, se colocó las manos en el regazo.

—Cuando he dicho que me parecía a ti, hablaba en serio, Iris. Lo único que quería era ayudar.

Iris no podía ni contestar.

No apartaba la mirada del lugar de donde se había esfumado Nim.

—Los meteolandeses son criaturas milagrosas —continuó Tornadia—. Se ESFUERZAN por crear fenómenos meteorológicos espectaculares para el mundo.

A Iris le sorprendió estar de acuerdo con lo que decía Tornadia.

—PERO los meteolandeses no reciben ningún reconocimiento —añadió la rebelde—. Lo único que hacen es trabajar día y noche para que la Tierra de los humanos sea un lugar mejor. Y a los humanos LES DA IGUAL. Se quejan pase lo que pase.

Tornadia hizo aparecer delante de ella una bola de luz ardiente que brillaba cada vez más.

—¡Siempre hace demasiado calor, demasiado viento o llueve demasiado!

Tornadia lanzó una corriente de aire que recorrió el molino.

—Los humanos NUNCA se contentan. Esos anemómetros son unos desagradecidos. Un día, una de mis MEJORES amigas, Kati Usca, creó un chirimiri maravilloso sobre París. En mi opinión, ella era la MEJOR meteolandesa pluvial. Y entonces oí a un niño rencoroso cantar: «LLUVIA, VETE YA, no vengas a molestar». Kati Usca se puso muy triste. No se merecía eso. Así que me hice con su meteomagia pluvial y creé la serpiente acuática MÁS GRANDE que pude.

Tornadia se rio.

—Le di motivos para quejarse a ese pequeño humano asqueroso.

Iris apoyó la cabeza en las manos.

—NO puedes hacer eso, Tornadia.

—A los humanos les GUSTA quejarse del tiempo —añadió Nivo—. Es un tema de conversación.

La expresión de Tornadia se volvió oscura y el rugido de un trueno hizo temblar el molino.

—Creéis que no soy más que una rebelde —dijo—, pero

antes yo intentaba AYUDAR a los demás. Una vez, hace mucho tiempo, usé la meteomagia arcoíris para impedir que un ejército entero de muñecos de nieve pisoteara al rey de Noruega. Congelé a los muñecos y con ellos hice una escultura de hielo maravillosa. Después oí al rey decir que era LO MÁS FEO que había visto y que estaba ansioso por que se derritiesen. Así que le helé el trono y se le quedó el culo PEGADO.

El molino entero dio una sacudida. Una gran grieta atravesó el suelo. Fuera se levantaba el viento.

—Después de eso, toda Meteolandia me miraba como si yo fuese una delincuente, cuando lo único que había hecho era DEFENDERNOS. —La expresión de Tornadia era feroz—. ¡ASÍ me lo agradecieron! Eso me pasa por ayudar. Pero no importa. No los necesitaba. Cuando nadie más me comprendía, los rebeldes me comprendieron —dijo con

locura en los ojos multicolores—. Ellos me enseñaron *El libro de las fuerzas prohibidas*. Con él lo aprendí todo sobre la esencia sombría y para qué servía. ESA era la respuesta.

—Pero ¿por qué eliminar toda la meteomagia arcoíris? —gritó Iris para que la oyese a pesar del rugido del viento.

—Sin magia, los meteolandeses arcoíris no eran ninguna amenaza para mí —dijo Tornadia con tono oscuro—. SIN EMBARGO, solo me preocupaba un meteolandés arcoíris porque él tenía el don arcoíris más POTENTE. Arcoíris Barba.

CAPÍTULO 19

UNA TAPADERA

—¿Arcoíris Barba? —repitió Iris.

—¿Cómo pluviómetros era él tu MAYOR amenaza? —se mofó Rocío—. ¿Qué hacía? ¿Envolverte en un montón de vello facial de colores?

—Su don no tiene nada que ver con las barbas —respondió Tornadia con tono burlón—. El nombre Arcoíris BARBA era una tapadera.

Nivo cogió aire.

—Como las barbas: ¡tapan la barbilla!

Eso explicaba que Albaclara no hubiese encontrado información sobre el don especial de Arcoíris Barba en la cueva arcoíris.

—¿Y cuál era EN REALIDAD el don de Arcoíris Barba? —preguntó Iris.

Tornadia dio un puñetazo en la mesa. Se oyó el rumor de un gran trueno, e Iris y sus amigos se sobresaltaron.

—Eso solo debo saberlo yo, y vosotros JAMÁS lo averiguaréis —dijo Tornadia entre dientes.

Iris notó la electricidad en el aire.

—Hace mil años, no podía arriesgarme a que Arcoíris Barba usase su don contra mí —dijo la rebelde—. Tenía que eliminarlo. Pero cuando una de mis rebeldes nivales intentaba protegerme de la esencia sombría que yo desaté, se pasó con la magia y ¡me congeló! Es lo último que recuerdo... —Tornadia sonrió de oreja a oreja—. Pero debo agradecerle a IRIS que me ayudase a liberarme de un sueño que ha durado mil años.

Iris se puso muy tensa.

—¡Yo no te he ayudado!

—Claro que sí —respondió Tornadia—. La meteomagia es mucho más fuerte durante los eclipses. Por eso TÚ conseguiste liberar la meteomagia arcoíris que llevaba tanto tiempo atrapada dentro del cristal. Cuando el mundo la recuperó, también se despertó dentro de MÍ. Al fin y al cabo, toda la meteorología está conectada. POR FIN pude salir del interior del «Gran Muñeco de Nieve». De no ser por ti, todavía estaría hecha una enorme bola helada, coleccionando sombreros ridículos.

Iris se quedó fría.

—Eso es —ronroneó Tornadia—: ¡TÚ ME AYUDASTE! —soltó una carcajada demencial—. No tenía ni idea de que llevaba mil años congelada. Pensé que mi mayor amenaza había desaparecido, y entonces oí hablar de ti, querida. Una meteolandesa de diez años que había nacido sin magia, pero había encontrado una roca negra y había recibido la meteomagia arcoíris que yo había intentado eliminar con tanto empeño. Y también TODOS los dones arcoíris, incluido el de Arcoíris Barba. Así que eso TE CONVIERTE en mi principal amenaza.

Iris ni siquiera sabía CUÁL ERA el don misterioso de Arcoíris Barba. ¿Cómo podía ser una amenaza para Tornadia? Miró a sus amigos y sintió una culpa abrumadora. Los había arrastrado hasta allí y, en consecuencia, ellos también estaban en manos de Tornadia.

—¿Por qué te has molestado en hacerte pasar por la agente Nefia? —preguntó Rocío con frialdad.

—Como villana, me gusta planear mi regreso adecuadamente —contestó Tornadia, y encogió los hombros.

—LO SABÍA —dijo Nivo.

—Y tenía que conocerte, querida Iris. Ganarme tu confianza —continuó la rebelde—. También necesitaba recuperar las fuerzas, después de mil años congelada dentro de un muñeco de nieve. ¿Sabes lo malo que es eso para las ARTICULACIONES? Mis rodillas no han vuelto a ser las de antes. Pero también tuve una idea fabulosa.

Tornadia rodeó la mesa y se detuvo detrás de Iris.

—Tú y yo somos MUY especiales, querida. Solo que nadie más lo ve. Yo puedo formarte. De arcoíris a arcoíris.

Se inclinó hasta que tuvo la boca a la altura de la oreja de Iris, y a ella se le erizó el pelo de la nuca.

—Yo sé cómo es que te miren diferente que a los demás —le susurró Tornadia—. Sentir que, hagas lo que hagas, nunca es suficiente. ¡Pero una meteolandesa arcoíris no necesita a NADIE! La Tierra podría ser nuestro campo de juego. Podríamos ser las meteolandesas más poderosas.

Le ofreció la mano.

—¿Qué me dices?

Iris no se movió. La verdad era que últimamente había sentido que NADIE la entendía. Ella quería ayudar, nada más; pero solo había conseguido fastidiarlo todo. Y encima Tornadia había vuelto... y era culpa suya.

Notó que se le llenaban los ojos de lágrimas. Seguir los pasos de Tornadia significaría dejar atrás todo en lo que

había creído. Pero había algo que Iris no hacía: darse por vencida.

—¿Siempre tardas tanto en responder? —le preguntó Tornadia, y le dio dos toques en la cabeza—. ¿Holaaaaaa?

—No quiero tener nada que ver contigo —dijo Iris con frialdad—. Los meteolandeses arcoíris NO trabajan solos.

Tornadia dejó caer las manos a los costados.

—Pobrecita —dijo con calma—, pésima decisión.

Dibujó círculos en el aire con las manos y se elevó del suelo; un tornado feroz le rodeó la parte inferior del cuerpo como si fuera una cola de sirena, pero aterradora.

—Es evidente que no sabes lo que es la grandeza.

Iris se puso firme.

—Aquí no hay ninguna grandeza. Los meteolandeses tienen el deber de mantener el equilibrio entre la Tierra y el cielo —dijo con calma—. Y el deber de mantener esa paz es, sobre todo, de los meteolandeses arcoíris. Si todo el mundo hiciese lo que quisiera, sería un caos. Meteolandia se muere porque vamos a perder la meteomagia de las nubes. Y sin Meteolandia no hay meteorología... y tampoco existirá la Tierra.

—Querida, SÍ habrá meteorología. Pero no de la que A TI te gusta —contestó Tornadia—. Mi plan es convertir este lugar en un planeta tormenta, igual que nuestro buen amigo Júpiter. ¡El paraíso de los rebeldes! Allí no hay que preocuparse por los humanos ni por sus quejas. NO HAY NORMAS. ¡Meteorología libre! Un CAOS hermoso.

Tornadia mandó una ráfaga de viento hacia el techo. Se oyó un sonido chirriante y las enormes aspas del molino empezaron a girar despacio. Echó las manos hacia delante y arriba, y Nivo y Rocío salieron volando a través de una de las ventanas.

—¡NO! —gritó Iris.

Tornadia sonrió de oreja a oreja y desapareció envuelta en un relámpago y un trueno ensordecedor.

Iris agarró el bastón y sintió que la magia le fluía por las venas. Respiraba deprisa, casi sin coger aire...

Si quería hacer magia para escapar y salvar a sus amigos, tenía que concentrarse. Pero había algo que se colaba por las grietas de las paredes. Algo oscuro.

—¡Esencia sombría! —exclamó Iris sin aliento.

Los zarcillos negros se acercaban deprisa. Si la esencia sombría la tocaba, volvería a perder la magia. Tal vez para siempre.

Tiró del pomo de la puerta, pero estaba cerrado con llave. ¡Estaba atrapada!

Iris corrió escalera arriba con los tentáculos de esencia sombría siguiéndola muy de cerca, hasta que llegó arriba del todo. No tenía adónde más ir. Se asomó a la ventana y retrocedió de inmediato al ver lo alto que estaba.

¿Cómo podía escapar?

¿Y dónde estaban Nivo y Rocío?

Algo le llamó la atención. Un ojo brillante y reluciente en el techo.

—Tú sabes cómo es que te dejen de lado, Iris... Que nadie acepte tu magia ni se dé cuenta de que lo único que tú querías era AYUDAR.

La voz de Tornadia resonaba por el molino. Iris intentó no escucharla. Pero la voz le ocupaba la cabeza entera, como un dolor oscuro y nuboso.

—¿Alguna vez has intentado con todas tus fuerzas hacer felices a todos y, a cambio, no has conseguido más que DESAPROBACIÓN?

Iris se acordó de la fiesta de vainas nebulares, y de todas las cosas horribles que le había dicho su tía Nieblina. La manera en que la maestra Mollina despreciaba todo lo que trataba de hacer o decir. La expresión de

Alto Flucto en el Estadio La Manga de Viento Ondeante. La habían expulsado solo porque había
querido ayudar. Tragó saliva. Por mucho que no le
gustase, una parte MUY PEQUEÑA de Iris entendía lo que le decía Tornadia.

Con gran apatía, intentó hacer magia para crear
un tobogán arcoíris con el que escapar. Pero los
colores desaparecieron casi al instante.

Se sentía… vacía.

La esencia sombría se le enredó alrededor de los

tobillos y las muñecas y le empapó el alma. Notó cómo iba perdiendo la magia. Quiso moverse, pero era como si su cuerpo fuese un gran bloque de hielo pesado. Trató de gritar, pero no podía.

Entonces vio algo.

Una estela tenue de color rosa que iba haciendo zigzag por el aire.

Fue lo último que vio antes de que una luz cegadora le inundase la vista.

CAPÍTULO 20

VOLAR

Iris sintió una corriente de aire en el pelo, calidez en la piel. Y después un PAM PAM PAM en la cabeza. Parpadeó varias veces, abrió los ojos y se incorporó. Debajo tenía el Bosque Barómetro.

Parpadeó de nuevo y vio las caras de Nivo y de Rocío. La abrazaron con fuerza.

—¡IRIS! —exclamó una voz conocida—. ¡Gracias al cielo!

Entonces Iris se percató de que volaba sobre un dragón de color amarillo chillón. Solo había una meteolandesa capaz de crear un dragón solar como ese.

—¡Albaclara! —gritó Iris con alegría.

—¿Aún tienes magia, chica? —le preguntó Albaclara con cara de preocupación.

Iris cogió el bastón y notó el torrente de colores por dentro y ese cosquilleo familiar en la punta de los dedos.

—¡Sí! —respondió con alivio—. ¿Cómo es que has salido de la cueva arcoíris? ¿Cómo nos has encontrado?

—Meteolandia se está derrumbando —dijo Albaclara con el sol reflejado en el pelo de color limón—. No podía quedarme bajo tierra. He salido a ayudar a los meteolandeses a llegar a un lugar seguro. Entonces he visto tu casa en el suelo, cerca de la ciudad. Tus padres estaban muertos de preocupación porque vosotros tres habíais desaparecido... Por suerte, he visto una estela rosa que surcaba el cielo desde la ventana de tu habitación. Sabía que tenía que ser Nim. Siempre me cuentas cuánto le gusta el *crumble* de estela. He seguido esa pista y he visto que Rocío y Nivo volaban por los aires, metidos en un tornado enorme. Entonces me he dado cuenta de que pasaba algo. Y ellos me lo han contado todo.

—Albaclara meneó la cabeza—. Conque la agente Nefia...

—¡Ya! —dijo Iris—. ¡Yo confiaba en ella! Albaclara, no sé cómo agradecerte que me hayas salvado, pero si te pillan aquí fuera, ¿no te arriesgas a pasarte toda la vida en Prisión Precipitatoria?

Albaclara se rio.

—Ahora mismo eso es lo que MENOS me preocupa.

Yo lo arriesgaría todo para ayudarte a salvar las criaturas nube y Meteolandia. No pienses en lo que pueda pasarme a mí.

—Pero...

Albaclara alzó una mano.

—¡Nada de peros! —dijo con firmeza, y le guiñó un ojo—. Soy la única adulta presente y TE PROHÍBO que me lo impidas.

Iris no sabía qué decir, así que se abrazó a la cintura de Albaclara. Realmente era su HEROÍNA.

La estela vaporosa de Nim se extendía ante ellos por toda Meteolandia y más allá del horizonte. A su alrededor, los meteolandeses eólicos intentaban por todos los medios mantener sus casas y edificios a flote usando su magia. Los meteolandeses nivales habían creado plataformas temporales de hielo donde antes había enormes cúmulos de nubes. Los guerreros del clima llevaban a lugares seguros a los meteolandeses que se habían quedado incomunicados mientras a sus pies desaparecían más trozos del paisaje.

Iris se moría por ayudar. Sin embargo, lo único que podía hacer era encontrar las criaturas nube y recuperar la meteomagia eólica de una vez por todas.

Mientras se concentraba en la estela de color rosa que tenían al frente, no paraba de repetir en la cabeza lo último que le había dicho a Nim antes de caer en la trampa de Tornadia: «Al menos así no te perderé».

Entonces tuvo una idea brillante.

—Chicos —dijo casi sin aliento—, si seguimos la estela rosa de Nim, quizá lo encontremos a él y a todas las criaturas nube que Tornadia ha escondido. Ha dicho que no le pasaría nada, «igual que a las demás criaturas nube».

—La verdad es que Nim se ha comido UN MONTÓN de *crumble* —dijo Nivo—. ¡Suficiente para dejar una estela de kilómetros y kilómetros!

—Nim sabía que se lo iba a llevar —dijo Iris en voz baja—. ¡Creo que se ha comido el *crumble* para que lo encontrásemos junto con las demás criaturas nube!

Se le quebró la voz y le escocieron los ojos de las lágrimas. Rocío y Nivo la abrazaron fuerte.

—¡Nim siempre ha sido un gatito muy listo! —exclamó Rocío.

—Iris, nos lo traeremos a casa cueste lo que cueste —dijo Nivo con afecto.

—Más vale que nos apresuremos —dijo Albaclara—. Si no, no habrá una casa adonde llevarlo.

Otro pedazo descomunal de nube desapareció del borde de Meteolandia y arrastró consigo gran parte del Bosque Barómetro.

Iris se secó las lágrimas.

—Tenemos que encontrar las criaturas nube y recuperar la meteomagia de las nubes. ¡DEPRISA! —dijo—. ¡Sigamos la estela rosa!

Albaclara se inclinó hacia delante sobre el dragón solar hasta que los girasoles que llevaba en las muñecas brillaron aún más. Entonces los condujo surcando el cielo en dirección a la Tierra, tras la estela de Nim.

De pronto cayó un chaparrón que no les permitía ver bien. Al final, el grupo de amigos se detuvo de golpe en una playa de arena. Los meteolandeses se hacían visibles a los humanos en cuanto tocaban tierra firme, pero por suerte allí no había nadie. Albaclara chasqueó los dedos y el dragón menguó y menguó hasta ser una bola de luz que le cabía en la palma de la mano.

—Aquí nos ha dirigido la estela de Nim —voceó Albaclara a través del chaparrón—. ¡A Inglaterra! Madre mía, cómo LLUEVE aquí.

—¿Inglaterra? ¡Esta debe de ser la lluvia tan rara de la que hablaba mi padre! —exclamó Iris—. Los guerreros del clima no han encontrado al rebelde responsable.

Llovía tanto que Iris a duras penas veía a su alrededor, aparte de unas rocas que rodeaban una cueva grande y oscura.

Rocío levantó los brazos y sacó la lengua. Frunció el ceño.

—Esta lluvia tiene algo raro —dijo—. Soy experta en lluvia… y esto no me parece normal.

Nivo se quitó las gafas.

—Pero… está muy MOJADA. A mí me parece lluvia de verdad.

Iris miró a su alrededor, ansiosa por encontrar rastros de la estela rosa de Nim.

—¡Niiiiim! —lo llamó.

—¡IRIS! —gritó Rocío—. ¡MIRA!

Rocío miraba uno de los charcos grandes que había en la arena empapada. Iris fue corriendo. Bajó la mirada… y no dio crédito a lo que veía.

En lugar de ver su reflejo en el charco…

¡Había dos ojos diminutos que la miraban!

CAPÍTULO 21
TROMBA

—¿Nim? —gritó medio contenta y medio confundida—. ¿Qué hace Nim en un charco?

Las orejas de Nivo entraron en erupción y de ellas salió un torrente de pensacopos.

—¡TORNADIA TROMBA! —dijo sin aliento—. ¿Os acordáis de lo que leímos sobre el don de Tornadia? ¡Tiene el don de convertir un tipo de fenómeno meteorológico en otro!

De pronto todo cobró sentido.

—Tornadia ha convertido a las criaturas nube en lluvia! ¡Las criaturas nube SON la lluvia! —gritó Iris como una loca—. Las ha escondido en la Tierra. ¡Las hemos EN-CONTRADO! —Hizo una pirueta—. Por eso la estela de Nim acababa aquí y por eso mi padre no sabía qué rebelde creaba la lluvia. ¡Porque no es lluvia real! —Miró el charco otra vez—. Ay, Nim, siento mucho que te haya pasado esto. No te preocupes, te salvaré.

La cara de Nim se echó a un lado cuando otro charco con una expresión conocida y muy gruñona se deslizó hacia ellos.

—¡Waldo! —exclamó Iris, y se rio con los ojos llenos de lágrimas.

—¡MIAU! —dijo el charco Nim con una sonrisa, y se deslizó por la arena.

—¿Nim? —lo llamó Iris, y lo siguió.

El charco se movió por la arena y se dirigió a la cueva oscura.

—¡Chicos! —voceó Iris—. Creo que Nim intenta enseñarnos algo.

Nivo, Rocío y Albaclara treparon por las rocas tras Iris, con cuidado de no pisar los charcos de las criaturas nube. Cuando el grupo de amigos entraba en la cueva, vieron charcos POR TODAS PARTES.

Dentro de la cueva, en lugar de estar más oscuro, cada vez había más luz. Y entonces...

Iris se vio frente a frente con un símbolo grande y reluciente. Se detuvo en seco.

Un Ojo de la Tormenta.

—¿Qué pasa, Iris? —le preguntó Rocío.

—Es uno de los ojos —contestó Iris—. ¡Y es INMENSO! Debe de ser la fuente del hechizo prohibido.

La espiral del ojo brillaba con furia y con tanto PODER que palpitaba. Iris tragó saliva.

Sacó *El libro de las fuerzas prohibidas* de la bolsa.

—Debo intentar cerrar el ojo y romper el hechizo —afirmó convencida.

—Iris —dijo Nivo con incomodidad—, por favor, no lo hagas.

—¿Qué pasa? —preguntó Albaclara.

—El hechizo solo se puede romper con la magia de todo el clan de meteolandeses arcoíris —explicó Rocío—. Pero Iris quiere hacerlo ella sola...

—No, chica... —empezó a decir Albaclara.

—Llevo dentro la magia de todo un clan —respondió Iris con urgencia—. ¡Tengo que intentarlo! Soy la única esperanza.

No se oía más que el azote de la lluvia en las rocas y un maullido triste de Nim.

Albaclara le cogió la mano a Iris. Sus ojos grandes y cristalinos se veían enormes y vidriosos.

—Es demasiado arriesgado. Tu vida acaba de empezar.

—Si anulo el hechizo, salvaremos la meteomagia de las nubes. ¡Meteolandia volverá a estar entera! —dijo Iris.

—¿Y qué pasa si la magia prohibida es demasiado fuerte para que la anules? —le preguntó Albaclara—. ¿Qué pasa entonces?

Silencio. No hacía falta que Iris lo dijese en voz alta. Sabía lo que sucedería.

Miró a sus amigos. No podía ni imaginar no volver a ver a Nivo y a Rocío, o a su heroína Albaclara o a sus padres... o a Nim. Al dulce y maravilloso Nim.

Pero si no lo intentaba, Meteolandia dejaría de existir. Tenía que hacerlo por ellos. Por todos a los que quería.

—Soy la única que puede romper el hechizo. Tengo que intentarlo —dijo Iris en voz baja—. No hay otra solución.

CAPÍTULO 22

SORBE

Nivo se abrazó a Iris.

—¡Tiene que haber otra solución!

Le lloró en el hombro. Mientras tanto, le salían un montón de pensacopos de las orejas y de la nariz.

—Déjame pensar otra manera, ¡cualquier cosa!

Rocío abrazó a Iris.

—El niño nieve tiene razón —dijo, y se sorbió los mocos—. DEBE haber otra cosa que podamos hacer.

Fuera se oyó el rumor fuerte de un trueno. Cada vez hacía más viento.

—Ay, ay, ay —dijo Albaclara.

Iris sintió un escalofrío en toda la espalda. Guardó *El libro de las fuerzas prohibidas* en la bolsa. ¡No podían permitirse perderlo! El trueno hizo temblar las paredes. Un relámpago cegador centelleó y dejó ver una silueta junto a la entrada de la cueva. Era Tornadia Tromba.

Iris clavó el bastón en el suelo y después lo levantó y dio una vuelta con él antes de clavarlo de nuevo en el mismo lugar. Al mismo tiempo, se le llenó la vista de colores y del extremo del bastón salió una bola de luz. Se oyó un ¡POP! enorme. Y de pronto el grupo de amigos estaba dentro de una burbuja arcoíris gigantesca.

Tornadia estiró los brazos. En su caso, la meteomagia arcoíris fluía por el aire formando un río de rayas negras y grises muy diferente de los rayos coloridos de Iris. Las franjas rebotaron en la superficie de la burbuja de protección que había creado Iris. ¡Funcionaba!

—¿Crees que puedes CONMIGO? —gritó Tornadia enfurecida.

Lanzó la burbuja arcoíris hacia una de las paredes de la cueva. Los de dentro cayeron unos encima de los otros, pero Iris aún sujetaba el bastón con fuerza. Aunque le dolía la cabeza y tenía el cuerpo dolorido, no pensaba soltarlo. Estaba en juego todo lo que ella amaba.

«UN MOMENTO —se dijo Iris—. No te des por vencida». Hubo un fogonazo y una enorme bola de luz le pegó un PORRAZO a Tornadia en la cabeza.

—¡Toma! —exclamó Albaclara, que se volvió hacia Iris y le guiñó un ojo—. El típico orbe solar. También podría llamarlo... ¡SORBE!

—¿Acabas de... SORBERME? —chilló Tornadia.

¡PUMBA! ¡PIMBA! ¡POMBA!

Otra bola de luz solar alcanzó a Tornadia en el entrecejo. Luego otra en la barbilla, que la derribó.

—Qué DIVERTIDO, ¿no? —canturreó Albaclara mientras hacía malabares con otros orbes solares.

Tornadia chilló y lanzó un rayo tremendo por los aires.

—¿CÓMO TE ATREVES A SORBERME LA CABEZA? ¡ES FABULOSA!

¡PUMBA!

—¡EN TODO EL PELO! —vitoreó Albaclara.

Iris se aferró al bastón. Mientras la burbuja protectora funcionase, ella y sus amigos estarían a salvo de la magia oscura de Tornadia.

—¡Seguid distrayendo a Tornadia! —les gritó Iris a sus amigos—. ¡Nivo, intenta atraparla en un bloque de hielo!

Si lograban retener a Tornadia el tiempo suficiente, le darían a Iris la oportunidad de romper el hechizo del Ojo de la Tormenta.

Nivo dibujó un copo de nieve en el aire. El copo se deslizó hacia Tornadia, que todavía recibía una TUNDA en la cabeza con los relucientes orbes solares.

Rocío agitó la capa con todas sus fuerzas.

¡CHOF!

Como no se esperaba ese recibimiento mojado, Tornadia se tambaleó hacia atrás. Intentó levantarse, pero Nivo le había pegado las manos y los pies al suelo con bloques de hielo. Se puso roja.

—¿Creéis que vais a pararme con esta magia tan débil? —rugió—. ¡No podéis esconderos en esa burbuja para siempre!

Los bloques de hielo de las manos y los pies se hicieron añicos afilados.

Tornadia tenía razón: Iris no sabía cuánto tiempo más duraría la burbuja. Empezaba a cansarse. Le dolían las manos de lo fuerte que agarraba el bastón. Tenía que poder hacer OTRA COSA. Entonces vio que los charcos de las criaturas nubes se deslizaban alrededor de las paredes de la cueva y, de pronto, tuvo una idea brillante.

—Charcos... —musitó Iris.

Si pudiera controlar la magia de Rocío, ¡quizá lograse CHARCOPORTAR a Tornadia! Así le daría tiempo de romper el hechizo prohibido. Pero primero tenía que distraer a Tornadia lo suficiente para reventar la burbuja protectora y controlar la meteomagia pluvial.

—CHICOS, necesito que hagáis EXACTAMENTE lo que os voy a decir. Es nuestra única esperanza. Rocío, necesito que me prestes tu magia, ¿de acuerdo?

—¡Por supuesto! —respondió Rocío, y abrió los brazos sonriente—. Mi lluvia es tu lluvia.

—Nivo, necesito que saques *El libro de las fuerzas prohibidas* de la bolsa y lo abras por la página del Ojo de la Tormenta.

Nivo parecía muy preocupado. Pero agachó la cabeza y sacó el libro de la bolsa de Iris.

Entonces Iris gritó:

—¡Albaclara! Necesito que crees el SORBE más grande que puedas. Pero ¡no se lo tires a Tornadia!

Albaclara hizo un saludo militar.

—¡A las órdenes, chica!

Apretó los puños. Los brazaletes de girasol se iluminaron y crearon una GIGANTESCA bola de luz solar.

—¡MÁS GRANDE! —gritó Iris.

Se le estaba soltando el bastón. La burbuja protectora no tardaría en reventar.

Albaclara agrandó la bola reluciente. La cueva entera se iluminó como si fuera de día. Tornadia le lanzaba un rayo tras otro a la burbuja. Cada vez que impactaban, la debilitaban, y Tornadia lo sabía. Pero Iris debía aguantar un poco más. Ya no tenía miedo. Estaba DECIDIDA.

—¡MÁS GRANDE! ¡MÁS BRILLANTE! —gritó Iris.

—Iris, si la bola crece más, ¡nos cegará! —le advirtió Nivo.

—¡Cerrad los ojos! ¡Más brillante, Albaclara!

Albaclara no las tenía todas consigo, pero asintió y, con su magia, hizo que la bola brillase todavía más. Iris entornó los ojos para protegerlos. Veía que Tornadia flaqueaba y se tapaba la cara. Nivo y Rocío se protegieron los ojos con las manos.

—¡MÁS BRILLO! —gritó Iris de nuevo.

La luz la abrasaba. El sudor le caía por las sienes. Le resbalaba el bastón. Esperaba DE TODO CORAZÓN que el plan funcionase. Estaba casi lista.

—Pero, Iris...

—CONFÍA en mí. ¡MÁS BRILLANTE! RÁPIDO.

A Albaclara se le escapó un grito mientras la meteomagia solar le fluía desde los brazaletes de girasol. Iris cerraba los ojos, pero notaba la luz a través de los párpados.

Oyó que Tornadia renegaba. Se oyó un resbalón y un golpe, y después una salpicadura. Como si hubiera perdido el equilibrio.

Iris tenía una sola oportunidad para hacerlo bien. Soltó un poco el bastón. La burbuja arcoíris desapareció, cosa que dejó a los amigos al descubierto, y Tornadia tuvo la

tentación de quitarles la meteomagia. Con los ojos aún cerrados, Iris apuntó con el bastón al lugar donde sabía que estaba Rocío.

Iris dejó que la meteomagia arcoíris le fluyese por las puntas de los dedos y a través del bastón hacia su amiga. En cuestión de segundos, notó un tirón familiar... y una ráfaga de lluvia. Había tomado el control de la meteomagia pluvial de Rocío.

La luz solar desapareció. Iris abrió los ojos despacio y la luz blanca aún le inundaba la visión, como si se le hubiese quedado grabada en la mente.

Tornadia tenía los brazos estirados. Un arcoíris de color negro y gris rodeaba al grupo de amigos y los envolvía como una soga.

—Te crees muy lista... —rugió Tornadia—. Pero ¡eres DÉBIL!

Hizo aparecer un rayo y se lo lanzó a Iris.

—¡IRIS! —chilló Nivo.

Iris recordó las palabras de Rocío: «El secreto de una buena charcoportación es tener EQUILIBRIO y estar relajada. Hay que dejar que el charco te lleve...».

Respiró hondo. Era como si el mundo se moviese a cámara lenta. Relajó todo el cuerpo, se señaló los pies con el bastón y allí apareció un charco. Con un buen SALPICÓN, Iris desapareció en el agua y esquivó por los pelos un rayo verde volante. Segundos después emergió de otro charco detrás de Tornadia y se aseguró de EMPAPARLA muy bien al llegar.

—¡BIEEEEEN, IRIS! —la jaleó Rocío—. ¡Has usado mi magia como toda una CHARCOPORTADORA PROFESIONAL!

Tornadia se volvió de golpe.

—¡Pequeña DESGRACIA ARCOÍRIS! —escupió fuera de sí.

Iris no apartó la vista. Miró a Tornadia fijamente. Contempló esos ojos de color morado intenso y azul que se parecían tanto a los suyos. A Iris le costaba creer que Tornadia también fuese una meteolandesa arcoíris: no podían ser más diferentes.

Tornadia bramó y se preparó para lanzarle su magia a Iris. Pero Iris movió el bastón y, con un tremendo CHOF, Tornadia desapareció en el charco que tenía debajo. Entonces Iris cerró el charcoportal, y se hizo el silencio.

CAPÍTULO 23

EL HECHIZO

—No... puede... ser —dijo Rocío.

—¡CHICA, ERES UN GENIO! —atronó Albaclara.

Sin embargo, Iris sabía que aún no había terminado. Allí donde estuviera Tornadia, no aguantaría mucho tiempo. Miró a Nivo y asintió una vez con la cabeza. Él le dio *El libro de las fuerzas prohibidas* abierto por el hechizo del Ojo de la Tormenta. Intentó centrarse en las palabras, pero las letras saltaban por la página como locas. Tenía que mantener la calma y abordar las palabras una a una.

—Iris... ¿y si es demasiado potente? Podría ser demasiado para ti —preguntó Nivo con voz tenue.

—Tengo que correr ese riesgo —contestó Iris firme—. No tenemos más opciones.

No tenía tiempo que perder. Meteolandia se derrumbaba y solo Iris podía impedirlo. Solo Iris podía salvar la meteomagia de las nubes. Y si se lo pensaba demasiado, corría el riesgo de que le entrase miedo. No podía permitirse fallarles a todos.

Se volvió y apuntó el bastón hacia el gran ojo resplandeciente del fondo de la cueva. Mientras la magia brotaba por el bastón, leyó las palabras que romperían el hechizo.

DE NOCHE Y DE DÍA, SIEMPRE DESPIERTO,
PARA QUE EL HECHIZO DURE,
EL OJO ESTARÁ ABIERTO.
SOLO TODOS JUNTOS PUEDEN INTENTAR
ROMPER EL HECHIZO PARA EL OJO CERRAR.

El ojo de la cueva todavía brillaba bien abierto.

A Iris le dolía la cabeza y le temblaba el cuerpo mientras la magia le palpitaba en las venas. Tenía un hormigueo rabioso en los dedos y la boca seca.

—¡YA BASTA, Iris! ¡Es demasiado potente! —le gritó Rocío.

Iris NOTABA cómo iba perdiendo el color: del pelo,

de las venas, del alma. Hasta la última gota de la meteomagia arcoíris se vertía en el Ojo de la Tormenta.

TENÍA que anular el hechizo. Costara lo que costase, tenía que conseguirlo.

Se oyó un rumor tremendo. Las paredes de la cueva temblaron. A medida que Iris vertía su magia en el ojo, SENTÍA el poder de Tornadia, que había mantenido al ojo brillando durante todo ese tiempo.

Entonces Iris se horrorizó: una voz se le clavó en la mente.

—¡Deberías haberte unido a mí cuando pudiste! —chilló Tornadia, con la voz empapada de una risa cruel—. ¿Crees que puedes cambiar algo? Eres una meteolandesa arcoíris pequeña y solitaria. ¡Tienes TODO el poder y lo desperdicias con un planetilla de nada al que no le importas!

—Te equivocas —dijo Iris sin respiración—. No estoy sola. Tengo a todos los habitantes del cielo y de la Tierra.

Notó que le temblaban las rodillas.

—Y haré LO QUE HAGA FALTA para protegerlos.

Iris sintió que Nivo y Rocío le ponían cada uno una mano en los hombros y la llenaban de esperanza y de fuerza. Albaclara también la tocó y con su meteomagia solar Iris sintió calidez.

—Estamos aquí contigo, Iris —dijo Albaclara.

Iris se mantuvo firme. ¡Iba a conseguirlo!

—Tornadia, los arcoíris no son solo franjas de colores —dijo—. Son un símbolo de esperanza, unidad y AMOR.

—PUAJ, ¡qué aburrimiento! —bramó Tornadia—. Soy Tornadia Tromba. Futura reina de las tormentas, y yo tampoco me doy por vencida.

Iris estaba muy cansada. La magia maligna del ojo la consumía poco a poco. Entonces cayó de rodillas, pero vio el charco que tenía al lado y que le lamía los tobillos con cuidado.

Era Nim y le sonreía.

Ver a su querido gato nube le dio a Iris un último empujón para recitar las palabras mágicas una vez más.

DE NOCHE Y DE DÍA, SIEMPRE DESPIERTO,
PARA QUE EL HECHIZO DURE,
EL OJO ESTARÁ ABIERTO.
SOLO TODOS JUNTOS PUEDEN INTENTAR
ROMPER EL HECHIZO PARA EL OJO CERRAR.

Iris vio el ojo del árbol, el ojo de la puerta del aula, el ojo del sombrero. Alcanzó a ver ojos por toda Meteolandia, los

ojos con los que Tornadia había controlado las criaturas nube para llevárselas desde CUALQUIER PARTE.

Tornadia chilló de la rabia al ver que el resplandor del ojo se debilitaba. Entonces, cuando el ojo se cerró por fin, Iris sintió que la presencia de Tornadia la abandonaba, y se sumieron en la oscuridad.

El hechizo prohibido se había roto.

Todo quedó en silencio.

CAPÍTULO 24

LA AURORA

Iris abrió los ojos despacio. Aún estaba oscuro, aparte de un resplandor rosáceo y verdoso que veía por el rabillo del ojo. Se sentó. El suelo era más suave que una nube. Pero cuando se fijó, vio que debajo no tenía absolutamente nada. Solo un VASTO espacio entre su trasero y la Tierra, que estaba mucho más abajo.

Como no sabía qué hacer, chilló.

—¡Ay, hola! —dijo una voz.

Iris volvió la cabeza al instante. Delante de ella había un grupo de gente sentada a una mesa amplia, tomando el té.

—¿Cuánto tiempo llevas ahí? —dijo un hombre con una barba increíblemente larga.

Iris se fijó en que la melena le danzaba alrededor de la cabeza y tenía un brillo verde y rosáceo que se extendía por el cielo. Le sonaba de algo.

—¿Eres… un fantasma? —preguntó Iris.

—Supongo que podría decirse así —respondió el hombre barbudo, y le sonrió con amabilidad—. Pero somos fantasmas amistosos. Al fin y al cabo, somos familia.

De pronto, Iris recordó de qué le sonaba.

—¿Eres Arcoíris Barba? —le preguntó.

Él le ofreció la mano, y ella la tomó. Cogió aire de golpe: la tenía como la de él.

—¿Yo también soy un fantasma?

—De momento sí —contestó Arcoíris Barba.

Iris oyó una canción:

Regresa, no te preocupes.
Lo mío es tuyo, para que perdures.

—¿Te apetece un tazón de caldo boreal? —le preguntó Arcoíris Barba, y señaló la mesa de los meteolandeses fantasmagóricos, que parecían estar celebrando una fiesta muy alegre.

—Debería irme a casa —dijo Iris—. Creo que estaba a punto de salvar el mundo.

—Madre mía —respondió Arcoíris Barba—. Pues estarías muy ocupada.

Los fantasmas de la mesa saludaron a Iris. Ella reconoció algunas de las caras que había visto en los libros y los retratos de los antiguos meteolandeses arcoíris que había en la cueva subterránea. Su pelo, como el de Arcoíris Barba, también estaba hecho de la luz rosa y verde que danzaba y serpenteaba por el cielo nocturno.

Iris cogió aire de golpe.

—Vuestro pelo es como la aurora boreal...

—Ah, sí —dijo Arcoíris Barba, y sacó una silla para Iris—. ¿Alguna vez te habías preguntado qué es la aurora boreal? Tarde o temprano, todos los meteolandeses arcoíris acaban en la aurora. Y un día, tú también bailarás aquí, con nosotros.

Iris se cogió un mechón de pelo. Parecía agua sedosa y se extendía por el cielo con la cabellera de aurora de los demás meteolandeses arcoíris. Juntos creaban una aurora boreal preciosa.

Iris no se podía creer que estuviera con su familia del pasado. Parte de ella quería quedarse allí. Pero entonces su familia y sus amigos del presente se morirían de la preocupación. Y Nim, pobre Nim...

—Todavía no te ha llegado la hora —dijo Arcoíris Barba, como si le hubiera leído el pensamiento.

–¿Todavía no? –preguntó ella.

Oyó la canción de nuevo. Esa voz la CONOCÍA.

Regresa, no te preocupes.
Lo mío es tuyo, para que perdures.

—Hay meteolandeses que te quieren mucho —dijo Arcoíris Barba con cariño—. Meteolandeses que están dispuestos a hacer cualquier cosa con tal de que estés bien.

¿Por qué tenía tanto cosquilleo en los pies? Se los miró y se dio cuenta de que casi no se los veía.

—¿Qué pasa? —preguntó sin aliento.

—Que vuelves a casa —respondió Arcoíris Barba—. Al parecer, tus amigos no te han dado por perdida. Igual que tú no los has abandonado a ellos. —Sonrió—. Nunca te des por vencida, Arcoíris Grey. Acepta lo que te diferencia. Tardarás años en dominar la meteomagia arcoíris, pero un día sabrás usar nuestros dones.

—Pero ¿y si en Meteolandia no me aceptan después de lo que ha hecho Tornadia? —preguntó Iris nerviosa—. ¿Confiarán algún día en la meteomagia arcoíris?

—Tornadia Tromba NO representa a TODOS los meteolandeses arcoíris —dijo Arcoíris Barba—. Un meteolandés arcoíris representa todo lo que es bueno. Todo lo que es el amor.

A Iris se le desvanecían las manos. Pero quería hacer una pregunta más.

—Arcoíris Barba, ¿cuál es TU DON? Tornadia me dijo que era un don secreto, el más poderoso de todos.

A Arcoíris Barba se le vio un brillo en el ojo morado.

—Tiene razón —dijo—. Tuve que ocultarles mi don a aquellos que podrían querer abusar de él.

—Pero ¿QUÉ es? —preguntó Iris, consciente de que no era más que una cabeza flotante.

Y no oyó la respuesta de Arcoíris Barba. Todo volvió a quedarse a oscuras.

—¿Iris? —dijo una voz.

Iris abrió los ojos poco a poco. Cuatro de sus caras favoritas ocupaban todo su campo de visión: Nivo, Rocío, Albaclara... ¡y Nim!

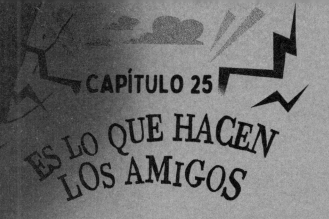

CAPÍTULO 25
ES LO QUE HACEN LOS AMIGOS

Iris se encontró en un abrazo tan estrecho que casi no podía respirar.

—¡Estás VIVA! ¡Iris, ha sido épico! Se te ha puesto el pelo blanco y negro y TODO. ¡Pensábamos que habías llegado al final de tu arcoíris! —gritó Rocío.

—Pero... el Ojo de la Tormenta... —dijo Iris con la voz muy ronca—. No sé si he roto el hechizo.

—Sí, lo has conseguido. Y pensábamos que había acabado contigo, pero gracias a Albaclara sigues aquí y estás bien —explicó Nivo.

Nim le mordisqueó el pelo, que volvía a ser (casi todo) multicolor, aparte de unos cuantos mechones negros y blancos.

Iris miró a Albaclara.

—¿Cómo?

—Resulta que había OTRA manera —respondió Albaclara sonriente mientras daba unos golpecitos en la cubierta de *El libro de las fuerzas prohibidas*.

—Pero pensaba... —empezó a decir Iris.

Sin embargo, Albaclara alzó la mano.

—Ya está. No te preocupes más. Lo principal es que ¡lo conseguiste, chica! Has cerrado el ojo de la tormenta y has roto el hechizo. Y lo más importante es que vuelves a estar AQUÍ con nosotros.

Le alborotó el pelo. Sin embargo, Iris vio cierta tristeza en los ojos de la meteolandesa solar. Y se le había vuelto el pelo blanco, en lugar de ser de su habitual color limón resplandeciente, lacio en lugar de ondulado. Sus ojos tenían un brillo gris en lugar de cristalino.

—¿Estás bien? —le preguntó Iris con preocupación.

Albaclara hizo un gesto con la mano.

—Sí, estoy bien —contestó.

Pero, por la voz, parecía agotada. Soltó una risita y después tuvo un arrebato de tos.

—Un poco cansada de hacer tantos orbes solares, eso es todo.

—Gracias por apoyarme tanto, Albaclara —dijo Iris—. Por salvarme de la esencia sombría en el molino y por arriesgarte a ir a prisión por nuestra culpa.

—Ya sabes que por ti haría cualquier cosa —dijo Albaclara en voz baja—. Es lo que hacen los amigos. Eres una chica especial, Iris. Tú me ayudaste cuando yo lo necesitaba, nunca lo olvidaré.

Iris abrazó a Albaclara con todas sus fuerzas. Pero de pronto notó que se le aceleraba el pulso.

—UN MOMENTO. ¿Dónde está Tornadia? —preguntó, y se levantó tan deprisa que se mareó.

—Espero que siga flotando en el charcoportal en el que la has metido —dijo Rocío.

Iris se mordió el labio.

—No creo que aguante allí mucho tiempo. O sea, hablamos de Tornadia Tromba. Ha sobrevivido mil años dentro de un muñeco de nieve...

—Ya, es como un olor apestoso del que no te puedes deshacer —dijo Nivo, y enarcó una ceja.

Entonces le guiñó un ojo. Iris soltó una carcajada.

—No sabemos con seguridad dónde está —dijo Albaclara con tono precavido—. Pero Tornadia puede convertir los fenómenos meteorológicos en lo que quiera. Encontrará la manera de salir, no me cabe duda. Tenemos que dar por sentado que estará en alguna parte. Aunque la buena noticia es que estará increíblemente débil. Cuando se rompe un hechizo prohibido, te deja casi sin poderes. Al menos estará una temporada fuera de combate. Así Meteolandia tendrá tiempo para prepararse, por si regresa.

—Hablando de Meteolandia, hay que ir a salvarla —canturreó Rocío—. Tenemos que llevar a casa a un montonazo de criaturas nube.

Iris le dio a Nim el abrazo más grande DE SU VIDA. Estaba muy contenta de haberlo recuperado.

—¡Te he echado TANTO de menos! —dijo mientras el gato nube le acariciaba la barriga con el hocico.

Se levantó despacio. Le dolía todo el cuerpo y tenía la cabeza como si le hubiese estallado y se la hubieran recompuesto. Miró las paredes de la cueva. El ojo había desaparecido.

—Vámonos a casa —les dijo a las nubes esponjosas que la miraban.

Nivo y Rocío guiaron a las criaturas nube al sol de la playa.

—Oye, Albaclara, ¿con qué criatura quieres volver volando a Meteolandia? —le preguntó Iris—. Creo que el ornitorrinco nube te sentaría genial.

Albaclara se rio.

—Creo que voy a quedarme un rato. Me gusta la brisa del mar.

—Me has ayudado a salvar Meteolandia —dijo Iris—. Es imposible que el Consejo de Meteorólogos te mande a prisión después de esto. ¡Vuelve con nosotros!

Albaclara se sentó con mucho cuidado en las rocas.

—Chica, este es vuestro momento. Ve a enseñarle a toda Meteolandia que eres una meteolandesa arcoíris maravillosa —dijo—. Pero será mejor que os deis prisa. Las criaturas nube se desvanecerán pronto si no se reúnen con sus dueños.

—Bueno, si estás segura, vale —respondió Iris con el

ceño fruncido—. Mañana por la tarde iré a verte a la cueva arcoíris, ¿de acuerdo?

Albaclara toqueteaba los pétalos de los girasoles que llevaba en las muñecas.

—Sí, hasta pronto. Pero primero asegúrate de que Meteolandia no se derrumba. ¡Arreando, chica!

Hizo un gesto afectuoso con la mano para echar a Iris de allí.

Iris dudó, pero le dio otro abrazo fuerte y corrió hacia sus amigos, que la esperaban a la entrada de la cueva.

Ya no llovía.

El aire estaba tranquilo y cientos de criaturas nube flotaban arriba y abajo, ansiosos por volver con sus meteolandeses.

—¡Yo voy con ella! —dijo Rocío, y se montó en Valianté, la unicornio nube que era de la jefa del Consejo de Meteorólogos.

Nivo estaba junto a Waldo, la ballena nube, que sonreía por primera vez.

—Siempre me ha apetecido darme una vuelta en una ballena nube —dijo con una sonrisa inmensa.

Nim se expandió y maulló, listo para el viaje. Iris le rascó detrás de las orejas.

266

—Nim, ¿crees que podrías volar como nunca has volado? —le preguntó—. Tenemos que guiar a las criaturas nube a casa lo más rápido posible.

Nim ronroneó como un motor en marcha.

De pronto, alrededor de los tobillos de Iris, se armó un remolino de nubecitas diminutas sin una forma concreta.

—¡Ay! ¡Son las nubes bebé de las vainas nebulares! —exclamó Iris—. Todavía no sabrán volar.

Se agachó y cogió una de las mininubes, que la miró con sus ojos minúsculos.

—No os preocupéis, os llevaremos a vuestras vainas —dijo Iris.

Con mucho cuidado, se metió tantas nubes bebé en el chaleco como pudo.

Iris se subió al lomo esponjoso de Nim y se volvió hacia los cientos de criaturas nube que flotaban en la playa de arena.

Entonces miró a Nivo y a Rocío, a lomos de Waldo y de Valianté, y se llenó de orgullo.

—Lo estás haciendo muy bien, Iris —le dijo Nivo, y le guiñó un ojo.

—¡Llévanos a casa! —voceó Rocío.

267

—¡Seguidme todos! —les dijo Iris, y se echó hacia delante, lista para volar—. ¡Arriba, arriba! ¡VAMOS!

El grupo de amigos partió a toda velocidad. A su alrededor, el cielo estaba lleno de hermosas criaturas nube sonrientes, ansiosas por reunirse con sus meteolandeses.

Volaron cada vez más y más alto, hasta que ya no se veía la Tierra.

—¡Ya llegamos! —gritó Iris.

El cielo cambió, y ante ellos apareció Meteolandia.

Parecía haberse dividido en cientos de pedazos. Los guerreros del clima y los meteorólogos y los meteolandeses de a pie usaban la meteomagia para mantener intactos todos los edificios y casas que pudiesen con plataformas mágicas de hielo y corrientes de aire y grandes burbujas de lluvia. Aunque Meteolandia se derrumbase, allí todos trabajaban JUNTOS.

Iris se llenó de orgullo.

Pero entonces sintió presión en el pecho. Una grieta GIGANTESCA se extendía hacia el corazón de la ciudad. ¡Estaba segura de que partiría Celestia por la mitad!

—¡Iris! —gritó Rocío desde el lomo de Valianté—. ¡Las criaturas nube se desvanecen!

Las criaturas titilaban y parpadeaban como una película vieja.

—¡Más deprisa! —gritó Iris—. ¡Volad más deprisa!

Nim ya volaba todo lo rápido que podía. ¡Solo faltaba un poco! Estaban MUY cerca, pero las criaturas nube apenas se veían. «¡NO!», pensó Iris, eso no podía estar ocurriendo.

Iris hizo aterrizar a Nim junto a la mata de vainas nebulares. Detrás de ella, Nivo y Rocío acabaron rodando por el musgo del suelo. Al frente ya se veía la enorme grieta. Iris se puso en pie justo cuando Waldo y Valianté partían a buscar a sus meteolandeses.

Todas las criaturas nube flotaban por encima del bosque medio destrozado y se esparcían por Meteolandia, cada una hacia su casa. Las diminutas nubes bebé salieron de golpe del chaleco de Iris dando grititos y gorjeando de alegría mientras daban volteretas por el aire y se metían en las vainas, donde estarían hasta que alguien las recogiese.

Entonces, de pronto, todo quedó tranquilo.

—¿Ha funcionado? —preguntó Rocío.

El suelo dejó de dar sacudidas.

La grieta que tenían delante empezaba a llenarse de nubes chispeantes.

—¡Ya vuelve la meteomagia de las nubes! —exclamó

Nivo—. ¡Las criaturas nube deben de haberse reunido con sus meteolandeses justo a tiempo!

Iris no se lo podía creer. Nivo y Rocío corrieron hacia su amiga y la abrazaron con fuerza.

—¡Lo has conseguido, Iris! —chilló Rocío.

—Lo HEMOS conseguido —la corrigió Iris, y le guiñó un ojo.

CAPÍTULO 26

LA ESTRELLA DEL ESPECTÁCULO

Un momento después, Valianté llegó galopando y se detuvo en seco delante de ellos. A lomos de la unicornio iba la meteolandesa más importante del cielo: Voluta Espumante, jefa del Consejo de Meteorólogos.

Era una meteolandesa de las nubes alta y de ojos blancos y penetrantes; desmontó y agachó la cabeza ante ellos. Detrás de ella iba un grupo de guardias de los guerreros del clima, junto con otros miembros del Consejo. Todos sonreían.

—Arcoíris Grey —dijo Voluta Espumante con una voz que sonaba al tintineo de las campanillas de viento—, te debemos la vida.

—Y a MÍ me debéis una disculpa —dijo una voz mucho menos cantarina.

Era Cucurrú Lalá, que voló entre las copas de los árboles, aterrizó con muy poca elegancia a los pies de la meteoróloga y puso las alas en jarra.

—Así es —admitió Voluta—. Lo sentimos, señor Lalá. Deberíamos haberle creído cuando afirmó que Tornadia Tromba había vuelto.

—Exacto —les espetó Cucurrú Lalá—. Dicho eso, mi enhorabuena al chef de la prisión. La lasaña estaba DIVINA —dijo, y se acercó a Iris—. ¿Dónde está Albaclara? Creo que la echo de menos.

Iris se rio.

—Albaclara volverá mañana. Me parece que estaba un poco cansada después de ayudarme a luchar contra Tornadia. —Le dio unas palmaditas en la cabeza a la paloma—. Me alegro de que hayas vuelto, Cucurrú Lalá.

—Pues claro que te alegra —contestó la paloma ofendida—. Por algo soy Cucurrú Lalá.

—¡IRIS! —gritó otra voz desde lo alto.

Los padres de Iris estaban sentados sobre Waldo, la ballena nube, que flotó hasta el suelo del bosque. Nubia y Brumo corrieron hacia su hija.

—¡No quiero ni saber QUÉ habrás estado haciendo, jovencita! —dijo Nubia, y le dio besos y más besos.

—Te has cargado a Waldo —dijo su padre.

A Iris se le cayó el alma al suelo.

—¿Cómo? —preguntó con voz de pito.

—Has conseguido que este viejo bulto SONRÍA —respondió Brumo mientras le daba palmadas en la cabeza a Waldo—. Estamos muy orgullosos de ti, Iris —añadió en voz baja.

Iris se mordió el labio.

—Creo que no llegué a deciros que A LO MEJOR me han expulsado de la escuela...

—Bueno, de hecho, ya no estás expulsada —dijo una voz que le provocó escalofríos.

La maestra Mollina apareció en ese momento junto a Voluta Espumante.

—Los acontecimientos de hoy demuestran que eres una alumna valiosa y respetable de la Academia Celeste y que todos te debemos un agradecimiento sincero. Y quizá yo te deba una disculpa, pero todavía estoy trabajando en eso.

Entonces ocurrió algo rarísimo: la maestra Mollina sonrió. Nivo cogió aire de golpe y tosió una bola de nieve.

—Iris Grey —dijo la meteoróloga Voluta—. Has corrido un gran riesgo por el bien de Meteolandia. Has demostrado valentía y has ayudado a derrotar a una rebelde terrible. Junto con Nivo Permafrost y Gota de Rocío Remolino, recibirás la Medalla de Honor a la Valentía de Meteolandia.

—¡Esa es mi niña! —jaleó Nubia, y levantó el puño.

Iris sintió una oleada de orgullo por todo el cuerpo.

—Muchas gracias —dijo—. Aunque no hemos vencido a Tornadia. Estoy segura de que volverá…

La meteoróloga Voluta asintió con la cabeza.

—Volverá. Y estaremos preparados.

Llegaron más meteolandeses de las nubes montados en sus criaturas, dando gritos de alegría. Entre la muchedumbre, que cada vez era más numerosa, estaba la tía Nieblina. A Iris se le cayó el alma a los pies cuando vio a la mujer de rasgos puntiagudos marchando hacia ella con el pequeño Nefelículus en brazos. Pensaba que su tía iba a echarle la culpa de algo.

Pero en realidad Nieblina le ofreció la mano. Iris la contempló un momento antes de cogérsela despacio. Nieblina se la estrechó. Tenía un matiz diferente en los ojos. ¿No sería un indicio de calidez?

—Creo que es la manera que tiene Nieblina de pedirte perdón —le susurró Brumo al oído—. Síguele la corriente.

Mientras Iris veía a Nefelículus agitar los brazos aupado por su madre, de pronto tuvo una idea brillante.

—Oye, tía —dijo—, ya que estamos todos aquí, ¿qué te parece si volvemos a intentar lo de las vainas nebulares? Nefelículus todavía necesita un compañero nube.

A Nieblina se le iluminaron los ojos, e Iris esbozó algo que se parecía un poquito más a una sonrisa.

—Mi querido Nefelículus se lo MERECE —contestó su tía satisfecha.

Dejó al bebé entre las vainas nebulares.

Nefelículus se dio la vuelta y se tiró un pedo antes de darle un toque a una de las vainas.

—¡Ha escogido una vaina nebular! —canturreó la tía Nieblina.

Nim ronroneó contento y se envolvió alrededor de los hombros de Iris mientras ella arrancaba la vaina y se la daba a su primo pequeño. Nefelículus la contempló y los pétalos empezaron a abrirse. Nieblina se revolvió con impaciencia. La multitud los miraba aguantando la respiración.

Dentro de la vaina nebular había una nube minúscula.

—Nunca había visto algo tan pequeño —dijo Rocío forzando la vista.

Nivo se colocó bien las gafas.

—Creo que es una pulga nube.

—¿Una PULGA nube? —gritó Nieblina—. Pero ¡todos mis hijos tienen pájaros nube!

—Ser diferente no es tan malo —dijo Iris, y se enredó el dedo en un mechón de pelo amarillo—. La criatura más menuda puede ser la más fuerte.

Los pájaros nube de los Von Pompón se reunieron a darle la bienvenida a la pulga nube, la acogieron bajo sus alas y crearon una bonita formación nubosa. Nim se unió al

grupo mullido, seguido de Waldo y de las demás criaturas nube.

Iris se sentó con Nivo y Rocío en un tocón de árbol y les contó el rato que había pasado en la Aurora Boreal.

—¡No me puedo creer que hayas estado EN la aurora! —exclamó Rocío—. Estabas como MUERTA.

Iris se rio.

—Me gustó mucho conocer a Arcoíris Barba —dijo.

—¿Qué crees que hace su don? —preguntó Nivo.

—No tengo ni idea —admitió Iris—. Y me da un poco de pena saber que no tendré el don de hacer barbas. Creo que una me habría quedado bien.

Los tres amigos se rieron.

—¿Es posible que ese don secreto y potente nos ayude a conseguir que Tornadia pare de una vez por todas? preguntó Rocío.

—Eso espero —contestó Iris.

Entonces Voluta Espumante le dio un toque a Iris en el hombro.

—Iris, sabemos que Albaclara ha salido de la cueva arcoíris.

Iris hizo una mueca.

—Por favor, no la metáis en prisión —le suplicó a la jefa del Consejo—. Nos ha ayudado a salvar Meteolandia. No podría haberlo hecho sin ella.

—Uy, eso ya lo sé —respondió Voluta—. Por la presente le retiro el arresto en la cueva y a ella también le daremos una medalla de honor al valor. He pensado que te gustaría decírselo tú.

Iris voló tan rápido como pudo hacia la playa de la Tierra para darle la buena noticia a Albaclara. Era de noche, pero la luz de la luna brillaba sobre la arena.

—¡Albaclara! —llamó Iris.

Pero su amiga no aparecía por ninguna parte.

Iris entró en la cueva.

—¡Albaclaaaaaaaraaa! —gritó, y su voz hizo eco—. ¡Tengo una noticia EXCELENTE! Estaba ansiosa por dártela. ¿Albaclara? ¿Dónde estás?

Cuando Iris se adentraba en la cueva, estuvo a punto de tropezar con algo. *El libro de las fuerzas prohibidas* continuaba abierto sobre una de las rocas y en la oscuridad casi no se veía.

—¡Anda! No me puedo creer que me haya olvidado esto —dijo casi sin aliento—. Tengo que devolvérselo a Rafa Ráfagas para que lo esconda de nuevo.

Pero entonces Iris vio algo más: en la página por la que estaba abierto el libro había dos girasoles que ya casi no brillaban. Eran los brazaletes de Albaclara... Los que usaba para canalizar la meteomagia.

Iris se dio cuenta de que el libro mostraba un hechizo. Pero no era el del Ojo de la Tormenta.

—Hechizo de Resurrección —leyó Iris en voz alta.

Se fijó muy bien en las palabras, usando el tenue resplandor de los girasoles como linterna.

Antes de hacer este hechizo, piénsalo bien. Después cántale estas palabras a quien quieras darle tu vida:

Regresa, no te preocupes.
Lo mío es tuyo, para que perdures.

Iris contempló la página. Era la canción que había oído cuando estaba en la Aurora.

Nim ronroneó con tristeza. Iris recogió los girasoles. Se le hizo un nudo en la garganta.

—Albaclara... —susurró—. Nim, Albaclara ha usado un hechizo prohibido para salvarme la vida. Ha entregado su vida a cambio de la mía.

Agachó la cabeza y se llevó los brazaletes de girasoles al pecho.

Cuando le saltaron las lágrimas, se dio cuenta de que había alguien en la playa; casi no se veía a la luz de la luna menguante.

—¿Albaclara? —la llamó Iris, y se secó los ojos—. ¡ALBACLARA!

Corrió a toda velocidad hacia la silueta.

—Pensaba que te habías...

Sin embargo, ocurría algo. Albaclara estaba transparente y titilante, como los meteolandeses arcoíris ancestrales de la aurora boreal.

—¿Albaclara? —dijo Iris.

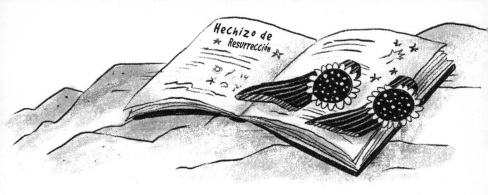

—No estés triste, chica —respondió Albaclara con mucho cariño.

Ya se desvanecía.

—Este no puede ser el final —insistió Iris con desesperación—. TIENE que haber algo que te ayude.

Albaclara le posó una mano chispeante en el hombro y negó con la cabeza.

—Pero aún es muy pronto —dijo Iris, y se sorbió la nariz.

Nim intentó acariciar a la meteolandesa espectral con el hocico.

—Yo he vivido mi vida —dijo Albaclara sonriente.

Iris sollozó.

—No puedo hacerlo sin ti.

Albaclara soltó una risita.

—¡Claro que puedes, chica! Yo solo he organizado las notas arcoíris y he hecho un agujero enorme en la pared de la cueva. Así tendrás algo que siempre te recordará a mí.

Iris no pudo evitar sonreír a pesar de las lágrimas.

—Te echaré mucho de menos —admitió.

—Nunca me iré del todo —dijo Albaclara mirando el cielo nocturno—. ¿Ves esas estrellas? Son soles diminutos. Destellos minúsculos del pasado. Grandes meteolandeses solares que continúan brillando.

Era un fantasma dorado que ya casi no se veía.

—La gente que nos quiere nunca se va del todo. Además, siempre he querido ser la ESTRELLA del espectáculo.

Poco a poco, se elevó hacia el cielo rodeada de una neblina centelleante. Era precioso.

—Estoy orgullosa de ti, chica —dijo la voz de Albaclara, que era un susurro tenue en el aire—. Sé tú, siempre. No lo olvides.

El resplandor dorado de Albaclara DeLight voló en espiral hacia el cielo nocturno.

Meteolandia tardó unas semanas en volver a la normalidad.

Todos los meteolandeses ayudaron y trabajaron juntos para reparar los daños. El hogar de la familia de Iris volvía a colgar de una nube con las demás casas del Barrio Nubenimbo, y la Ciudad de Celestia resplandecía de nuevo bajo la luz del Girasol.

La Academia Celeste estaba cerrada por obras, ya que se habían partido ramas enteras y las pirámides de termomoterismo habían desaparecido por una grieta que se había abierto en el suelo. Iris NO se lamentaba mucho por eso.

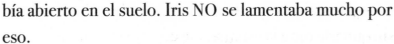

Cuando la escuela reabrió, Iris le devolvió *El libro de las fuerzas prohibidas* a Rafa Ráfagas, que se alegró muchísimo de recibirlo, y el Consejo de Meteorólogos empezó a prepararse para el regreso de Tornadia Tromba desplegando más guerreros del clima que nunca a patrullar la Tierra y el cielo.

Iris estaba en el campo de girasoles, contemplando la estatua de Albaclara que habían construido en honor a la meteolandesa solar. Se había convertido en historia gracias a su valentía y su bondad. Por no haber perdido la esperanza en Iris.

—Albaclara era una heroína de verdad —dijo Rocío, al lado de Iris.

—Lo supe desde que leí la primera de sus aventuras —respondió Iris en voz baja.

Miró al horizonte. Una parte de ella nunca dejaría de esperar que Albaclara apareciese rodando sobre un par de patines de girasoles resplandecientes. Lo que no esperaba era ver una paloma marchando hacia ella.

—¡ACHÚS! —estornudó Nivo—. ¿Cucurrú Lalá?

Cucurrú Lalá inclinó su pequeño sombrero de copa.

—¿De quién voy a ser compinche ahora? —preguntó sin quitarle ojo a la estatua, y le cayó una lagrimita por las plumas de la mejilla—. Puaj, ¡qué alergia tengo! —dijo, y se secó la lágrima antes de serenarse.

—Creía que no te gustaba que te llamasen el compinche de Albaclara —dijo Iris.

—A veces no te das cuenta de lo que tienes hasta que te falta —contestó Cucurrú Lalá, y carraspeó—. Supongo que ahora soy vuestro compinche.

Iris se echó a reír. Y después le tendió la mano. Cucurrú Lalá se la estrechó con el ala.

—¡Bienvenido a la pandilla! —dijo Iris.

Nivo suspiró.

—Más me vale tomar medicina para las alergias si vas a estar siempre con nosotros —dijo.

—Yo podría sustituirte, ¿no? —sugirió Cucurrú Lalá.

—¡Una idea genial! —exclamó Rocío, y le dio un codazo afectuoso a Nivo en las costillas.

—Sois todos horribles —se quejó Nivo con una sonrisa enorme en la cara.

Los cuatro amigos se quedaron un rato más con la estatua; la luz del Gran Girasol resplandecía en el rostro hermoso de Albaclara.

—Todavía no me creo que ya no esté —dijo Cucurrú Lalá.

—No se ha ido de verdad —dijo Iris al final—. Venid, que os enseño una cosa.

Los amigos echaron a volar encima de Nim con Cucurrú Lalá. Iris contempló la Ciudad de Celestia. La veleta de la Academia Celeste brillaba a la luz del Girasol y representaba los diferentes tipos de meteomagia. Solo que en la parte superior habían añadido una serie de cintas arcoíris que ondeaban tranquilamente en el aire. Toda la meteorología unida.

Siguieron volando hasta que la luz de Meteolandia desapareció y llegaron a la parte de la Tierra en la que era de noche, donde millones de estrellas relucían. Una de ellas centelleaba con más fuerza que todas las demás.

—Allí está —dijo Iris sonriente—. ¡La estrella del espectáculo!

Iris levantó el bastón y creó un tremendo arcoíris resplandeciente que se extendió por el cielo nocturno.

—¡Este es para ti, Albaclara! —gritó.

Iris, Nivo y Rocío se deslizaron por los colores y las centellas con los brazos unidos y el corazón lleno de amor y de esperanza. Cucurrú Lalá volaba a su lado y la larga estela rosa de Nim los seguía de cerca.

A pesar de que Tornadia estaba en alguna parte, Iris tenía esperanza. Sabía que con la ayuda de sus amigos y de su familia podían vencerla. Juntos, podían conseguir CUALQUIER COSA.

AL MUNDO LE IRÍA BIEN UN ARCOÍRIS...

AMELIA FANG

Acompaña a
Amelia en sus
monstruosas aventuras.

¡NO MUERDE!